THE GRASSHOPPER

文芸社

目次

スーパーガール2

スーパーガール1のあらすじ

同期に入社した、竜也と風子。マイペースで仕事をしている竜也に、初めは物足りなさを感じていた風子だったが、竜也の同級生の、スーパードクター中島に出会い、少しずつ竜也の過去に興味を持ち始める。

しばしば風子に降りかかってくるトラブルを難なくはね返す竜也。また、竜也の義理の妹、祐子の存在によって、だんだんと風子も竜也に対する気持ちに気付き始める。

恋愛に疎い竜也と、それを取り巻く個性豊かな登場人物のそれぞれの思い……

一章　セカンド・オピニオン

「なんと！　無敵を誇った辻井名人、最新ＡＩのディープネイビーの前には、全く歯が立ちません。角番で迎えた第四戦も破れ、呆気なくタイトルを奪われました。もう人間では、コンピューターに勝てないのか」

興奮したアナウンサーとは対照的に、いつもは毒舌で有名な辻井名人が、無言で退席しようとした。

「辻井名人」

竜也と一緒に観戦していた風子が、優しく呼び止めた。

「そっと、しといてやれよ」

竜也は、風子にピシャリと言い放った。

「竜也か、無様な姿を見せてしまったな」

辻井名人は、風子と竜也に苦笑いをして言った。

「いいえ、急戦矢倉で、あの６二銀成をかわされては、誰が相手でも、成す術がありませんよ」

「ふふ、気休めを言うな」

「おっと、これは、以前、辻井名人と互角に戦われた竜也さん。せっかくですから、辻井名人のリベンジをお願いできませんか」

アナウンサーは、辻井名人の居る前で無神経に言った。竜也は黙っている。

「さすがに無理ですよね。辻井名人もそう思われますよね」

「なんて失礼な人」

風子は、頭にきて言った。

「おやおや」

アナウンサーは、風子を馬鹿にした様子で去ろうとした。

「ちょっと待てや、下馬評（注1）ヤロウ」

「はっ、なんですか名人。私が何か失礼なことでも？」

「竜也君を見くびってもらっちゃ困る」

「はい？」

「ディープネイビーに対抗できるのは？」

「はあ」

「竜也君しか居ない」

注1　的を射ていない予想。素人の噂

シーンと静まり返っていた会場が、一瞬で歓声に変わった。

◆

対局場を後にした竜也と風子は、コーヒーショップに立ち寄った。

「しかし、辻井名人も迷惑なことを言ったものね」

風子は、怒りが収まらない様子で、一気にアイスカフェラテを飲み干した。

「まあ、そう言うなよ。俺もああ言ってやりたい気分だった」

竜也は澄ましてブルーマウンテン珈琲を飲んだ。

「風子さん、お久しぶり」

「あら、祐子さん」

「私は、カフェモカをお願いします」

祐子は、ウェイトレスに言った。

「祐子さんも、会社の帰りですか？　もし差し支えなければ、どんな仕事をしてるんです？」

「うふふ」

「ごめんなさい、立ち入ったことを聞いてしまったかな」

風子は、愛嬌のある笑顔を見せた。

「でも、竜也、今度こそ勝ち目は無いでしょ。あっごめん」

憮然としていた竜也が、祐子の方に優しい視線を向けた。

「祐子の出番だな」


「えっ？　祐子さんのご職業って？」

「ふふ、こう見えても私、プログラマーなの」

「何ですって、プログラマー」

「人は、見かけによらないだろ」

「どうゆう意味よ、お兄ちゃん」

祐子は、自信ありげな笑顔を見せた。

◆

ディープネイビーと竜也の対局は、有馬温泉の武蔵坊という旅館で行われることとなった。

「先手は、竜也です。さあ、ディープネイビー相手に、どんな戦法を指すのか」

竜也は、六手目まで指した。

「ソノ　センポウハ　スデニ　ガクシュウズミデス」

「おっと、やはり棒銀（注2）か、ディープネイビーのディスプレイに、アンサーが表示されました」

続いてディープネイビーは、不敵に言った。

「タツヤサンニ　ヨコクシマス　56テデ　アナタハ　トウリョウスルデショウ」

◆

「おっと、ディープネイビーが、今、56手目を指しました。なるほど、詰めまでの手は、アナウンサーの私でも想像がつきます。竜也、投了か。おっと、投了しない。次の駒を指しました。これは見苦しい」

「んっ、意外にも、ディープネイビーは、ここで長考。かなりの時間を費やして、やっと指しました」

かまわず、竜也はまた駒を指した。

「竜也、まだ投了しない。しかし、ディープネイビーは、ここでまたも長考です」

「間髪いれずに指す竜也とは対照的に、またもディープネイビーの長考は続きます」

「ここで、んっ？　ディープネイビーは、とんでもない所に駒を指しました。これは、疑問手です」

「それを見て、竜也の反撃開始です。これは、どういったことだ」

「チェックメイト（王手）だ。ディープネイビー」

注2　飛車の効きを利用して、銀で敵陣に攻め込む戦法

「うっ、竜也のこの手は？」

アナウンサーが、興奮して言った。

「マイリマシタ。タツヤサン　ワタシノ　マケデス」

ディーピネイビーは、負けを認めた。

「やったわね、お兄ちゃん」

風子と一緒に観戦していた祐子が、満足そうに呟いた。

風子は、この前、三人でコーヒーショップで話した内容を思い出した。

◆

「AIと言っても、皆が思っているほど万能ではないのよ。プログラミングの目的の演算までに、データの前処理があるんだけど、これは一見シンプルに見えるけど、実は、全体の八割以上の時間を費やさないといけない。この前処理に誤りがあれば、辿り着く演算も最善とは限らない。人間との決定的な違いは、人工知能は、自ら考えているわけではないということ。つまり、単純に命令文に従っているだけなのね」

博士号を取得している祐子は、シロウトの竜也と風子にも、分かりやすく嚙み砕いて教えた。

「勝機があるとすれば……」

祐子が言うまでもなく、竜也は分かったという笑顔を見せた。

◆

対局場から出て、紅葉が綺麗な有馬温泉の街なかを、風子と祐子と一緒に歩きながら竜也が言った。

「これ、ディープネイビーに勝った褒美に貰ったんだけど」

「あっ、それって最新AI内蔵のシャーロックじゃない？　私、欲しかったんだ」

風子は、喜んで言った。

「どれどれ、私が試してあげよう。シャーロック、秋の歌を聞かせてちょうだい」

祐子が、気の利いたリクエストをシャーロックにした。

「おっ、さっそく反応した。どんな曲がかかるかな」

風子も興味津々に言った。ところが……。

「何、この曲？　秋と関係あるの？」

風子と祐子は、顔を見合わせた。竜也は、冷静に答えた。

「この曲は、ゴンドラ・アキの、『前略、25歳の君へ』だ。季節の秋じゃなく、歌手の名前のアキに反応したんだな」

「AIも、まだまだだね」

「こら、祐子。それは、俺が言いたかった台詞だ」

竜也は、軽く拳を振り上げた。

「知ってた、知ってた」

祐子と風子は、お互い、顔を見合わせて笑った。

二章　迷探偵　新畑正和

「これは、名刑事の新畑(あらはた)さん。はじめまして、風子と言います」

「はじめまして、可愛いお嬢さん」

新畑は、風子と握手をしようと、手を差し出した。

「光栄ですわ。あなたにかかれば、どんな難問でも即解決ですね」

「いえいえ私なんか、まだまだですよ。現に今も、事件が未解決のままです」

新畑は苦笑し、同席している竜也の方に視線を移した。

「あれっ、店員さん達も休憩ですか？　僕、砂糖のスティックを取り忘れたんですよ。ブラックはねえ、その使ってないシュガースティックを一つ貰えますか」

竜也は、アラサーぐらいの従業員のトレーに、手を伸ばした。

「んっ？　これ空っぽですか、かわった開け方ですね」

竜也は、照れ笑いをした。

「うふふ、すぐにお持ちしますわ」

「いえいえ、店長に行ってもらわなくても……」

「いえ、店長は、こちら」

rebli

アラサーの店員は、向かいに座っていたキャバクラ嬢風の従業員を手で示した。

「えっ、あなたの方かと思いました」

「うふっ、私はアルバイトです」

「へー、そうなんですか」

それを見ていた風子が竜也に尋ねた。

「竜也、どうしてそう思ったの？」

竜也は、「いや」とだけ答えた。

◆

「臨時ニュースをお伝えします。シルバーバックス珈琲のオーナー和田翔太氏、オーナー室の机で頭部を強打し、意識不明の重体になった事件から一ヶ月。主治医によると、どうやら意識に回復の兆し。もし意識が戻れば、真相が明らかになるでしょう」

◆

深夜、和田翔太が入院している病院の外壁に、怪しい影が。依然として、シルバーバックス珈琲オーナー和田翔太は重体。壁をつたった影が、窓からその病室に侵入してきた。ベッドに横たわる和田翔太のそばに立ち、その顔を見下ろす。

——井ノ口亜紀は、静かに一ヶ月前のことを思い出した。

「どうだ？　本社のジェネラルマネージャーの机の座り心地は？　慣れたか」

オーナーの和田は、亜紀に聞いた。

「翔太と私が、共同経営で一文無しから始めたシルバーバックス珈琲。今では、全国に5000店舗を構えるまで成長したけど、翔太ひとりの力では無い。私が、三宮店の店長として先月まで頑張ってきたから。それを、店が軌道に乗った途端、私を本社のこんな置物にして、この小娘を店長にするですって?」

亜紀は、その女性の履歴書を投げ捨てた。

「もう、こんな会社やめてやるわ」

「本気かね?」

「ええ、こっちから願い下げよ」

「ふふ、実は、その言葉を待ってたんだよ」

「何ですって、あなたまさか、この小娘と」

「ははは、おい、趣味のボルダリングで鍛えた君だ。あまり強く押さないでくれよ」

「こんな小娘に、店長が勤まるもんですか」

亜紀は、力一杯に和田翔太を押した。

「おい」

和田翔太は、そのまま後ろに倒れてゆき、机で頭を打った。

◆

「仕方なかったのよ」

亜紀は、病室のベッドの横から、鈍器を構えて、振り下ろそうとした。

「ちょっと待ちな、アルバイトさん」

「えっ」

亜紀は、鈍器を戻して振り返った。

「あなた達は、さっきの？」

竜也と風子が、新畑正和刑事と一緒に病室に入って来た。

「しかし、この病室は、三階だぜ？」

竜也と風子が不思議そうに新畑を見た。

「井ノ口亜紀の趣味は、ボルダリングです。恐らく、雨樋（あまどい）をつたって登ってきたのでしょう。しかし、アルバイトが、元店長とは、気がつきませんでしたよ」

新畑は、腕を組んで竜也の方を見た。

「ねえ竜也、どうしてあの時、亜紀さんが店長だと思ったの？」

風子も不思議に思って竜也を見た。

「速さを追求するファストフード。シュガースティックの千切れた破片は、トレーに残ると、取るのに時間がかかって、とても厄介なんだ。あの特殊な千切り方は、ただの一アルバイト店員ではなく、かなり優れた店長だった証拠だ」

新畑は、感心しながら、亜紀の方へ視線を向けて言った。

「自首してくれますね」

亜紀は、無言でうなずいた。新畑は、亜紀に手錠は、はめなかった。

◆

「それじゃ、竜也さん、これで失礼します。久し振りに竜也さんにお会いできて良かったです」

「えっ？　竜也、新畑さんと知り合いだったの？」

風子が目を丸くして言った。

「まあな」

◆

「その後、和田翔太氏は、ホワイト病院へ転院になり、スーパードクターの中島先生は流石（さすが）ね」

風子が感心して竜也に言った。

「ああ、和田氏は、意識を取り戻した後、自白した。女性暴行で、亜紀さんの正当防衛が成立し、亜紀さんは無事釈放」

「ふーん。それが、亜紀さんへの、せめてもの償いだったのね。でも亜紀さんは、どうしてシルバーバックス三宮店に、アルバイトとして戻ってきたのかな？」

風子は、竜也に尋ねた。

「思い出深い三宮店をほっとけなかったんだな。それで、陰で店長を支えてたんだ」

「竜也は、そんなどうでもいいことには、気がつくんだね」

口を尖らせた風子に、竜也は素知らぬ顔で笑っただけだった。

「あっ、そうそう。この件を目こぼししてくれた新畑さんとは、どういう知り合いだったの？」

「ああ、野球部の副キャプテンだった、通称ハカセの西尾は、今は、母方の姓、新畑を名乗っているんだ」

「へえ、竜也の知り合いは、凄い人ばっかりだね」

「風子もな」

「えっ？」

滅多に褒めない竜也なので、風子は少し嬉しかった。

三章　マリンスノー

稚内（わっかない）ビール社長の娘、本波（ほんなみ）静香と、竜也の妹、祐子は、大学生の時、同級生で、大の親友だった。二人は、卒業した大学の教養講座に招かれた帰り、キャンパスのベンチに座った。

「静香、次期社長の内定おめでとう。その若さで、私とは大違いね」

祐子は、久し振りに静香に会って、つもる話がたくさんあった。

「ウフフ、本波家は、代々世襲みたいなもんなので、自慢にはならないわ」

静香は、謙遜して言った。

「でも、おめでたいと言うのに、なんか浮かない表情ね」

「やっぱり、祐子には隠せないな。相変わらず鋭いわね」

「ふふ、昔から静香は、悩みのある時は、頰のチーク（注3）が濃ゆくなるのよ。大学生の頃、初恋の彼氏に振られたことを私に隠していた時もそうだったわ」

「気をつけまーす」

注3　頰紅

静香は、吹っ切れたようで悩みを打ち明けた。

「私の父、本波丈助（じょうすけ）は、もともとは大のお酒好き。社長に就任する前、英才教育で、責任のある仕事ばかりを数社転々としていたけど、帰宅して、仕事から解放された時は、いつも嬉しそうにお酒を飲んでいたわ」

「まさに稚内ビール社長は、天職ね」

「うふふ、私は、そんな父の幸せそうな笑顔を見るのが大好きだったのよ」

「えっ、だったとは、どういうこと？」

祐子が尋ねると、少しの間、静香は黙っていた。

「ねえ静香？」

「あんなにお酒が好きだった父が、ある日を境に、一滴も飲まなくなったのよ」

「えっ、どうして？」

「分からない、何度か私が尋ねたことはあるんだけど、理由を聞いても言ってくれないのよ」

◆

「風子さん、お忙しいところ、無理を言ってすみません」

祐子は、喫茶店で風子と待ち合わせた。

「いえいえ、しかし、祐子さんが、あの稚内ビールの社長令嬢と同級生とは驚いたわ」

「ええ、静香とは、よく旅行にも一緒に行く仲なの。でも、男性に言い寄られた時は、いつも静香がモテるんだけどね」

祐子は舌を出して笑った。

「これは、これは、全国美少女コンテスト入賞者を差し置いて」

風子は、片目を瞑って言った。

「ふふ、あれは、お兄ちゃんが美化して描いたのね」

密かに竜也に思いを寄せる風子としては、恋敵のような複雑な関係の祐子と、いつのまにか友情が芽生えていた。

「ところで、事情は大体、メールで把握できたわ。その静香さんが、選んだ選り抜きのバーテンダー二名に、今までにないオリジナルのカクテルを作ってもらうのね」

「そう、でも静香に先入観を与えないために、私のお兄ちゃんが参加することは、伏せておきたいの」

「でも、私達から見れば、竜也もソレナリには見えるけど、新宿のホストクラスが大勢いる中では、どうだか」

「おまけに、静香は究極の面食いで有名なのよ」

祐子は、あの新畑刑事みたいに腕組みをして考え込んだ。

「まあ、心配しても始まらないわ。竜也の運にかけましょう」

二名のバーテンダーによるオリジナルカクテルを、本波静香の父、丈助に飲ます作戦の日が訪れた。

◆

「やはり、一人目は、大本命の奇跡のバーテンダー、小栗岳人。見ての通り、非の打ち所のない美形ね」

見とれている風子に、祐子が言った。小栗岳人は、当然という顔をした。

「それでは、最後の一人を発表いたします。次期社長の静香さんが選んだもう一人は……竜也さんです」

世界的大企業、稚内ビール関係者でひしめく会場は、ざわめいた。我慢できないのは、前評判ナンバー2ホスト。竜也に殴りかかった。そこへ、小栗岳人が、割って入って来た。

「本当のいい男とは」

小栗岳人は、ナンバー2ホストのパンチを左手で受けて吹っ飛ばして言った。

「強さ」

一時、騒然としていた会場が、歓声に変わった。

風子は、竜也に近づいて言った。

「おめでとう竜也、流石ね。でも、イケメンのホストが沢山いる中で、どうして竜也が選ばれたのかしら？」

「静香も、物好きね」

祐子は、風子と顔を見合わせて、笑いながら言った。

「それは、どういう意味だ」

竜也は、納得いかなかった。

◆

「それでは、決勝を始めます。テーマは『雪』です。一体、オリジナルのどんなカクテルを披露してくれるのか。先行は、みなさんもよくご存じ、奇跡のバーテンダー、小栗岳人さんです」

岳人が発表したカクテルは、

「ダイヤモンドダスト」

「ウオー」

会場の皆が、歓声をあげた。

早速、静香は、一口、口にして言った。

「素晴らしいわ。ありがとう。はい、お父さん」

静香は、父の本波丈助に促して言った。ところが、丈助は飲もうとしない。

「お父さん」

静香と岳人は、残念そうな顔をして黙った。

「これは、非常に残念です。おそらく、このカクテルを超えるのは難しいでしょう。

竜也さんの作ったカクテルは？」


「マリンスノー」

会場は、シーンと静まりかえった。岳人がカクテルに近づいて言った。

「こっ、これは？　深海をイメージする濃いめのブルーに、この液体を漂うのは？」

そこへ、本波丈助が近づいてきて、マリンスノーを手に取った。

「お父さん」

静香は涙を流して言った。丈助は、会場の照明に透かしてグラスを眺めた後、ゆっくりと口に含んだ。

「美味しい」

丈助は、そっと目を瞑り、一筋の涙が頬を流れた。

「かつて、私は、世間で酒豪と呼ばれるほど酒を浴びるように飲んでいた。或る日、親友が止めるのもそこそこにして、酒を飲んだ後にスキューバーダイビングをした。マリンスノーを見るためだ。その光景は、プランクトンの死骸とは思えないほどの、自然が造りだした絶景で、奇跡だと思った。それで、何を思ったか、ボディスーツに忍ばせていたカメラを取ろうとしてしまったのだ。カメラは、水圧で粉々に砕け、破片が親友の酸素ホースを破ってしまった。水深から海面に急浮上した彼は……。私は、それ以来、酒は飲まないと誓っていたのに、このカクテルを見たら思わず」

会場の関係者は、竜也のマリンスノーに割れんばかりの拍手をした。そして、今回のイベントを企画した、若き才色兼備、本波静香に次期社長の期待を込めてエールを贈り続けた。

◆

「竜也さん」

風子と祐子と一緒に、会場を後にした竜也を、小栗岳人が呼び止めた。

「竜也さん、マリンスノー、僕の完敗でした」

「いやいや」

「あなたは、もしかして、十年前に、新宿で噂になった、あのバーテンダーじゃありませんか」

「いいえ、人違いですよ」

「そうですか」

小栗岳人は、意味ありげな笑顔で去っていった。

「ところで、よく静香さんは、二人目に竜也を選んだわね」

風子が不思議そうに祐子に言った。

「実はね、静香がまだ初恋の彼氏の写真を持っていてね。写メールで送ってもらったのよ」

「どれどれ、見せて？　私が鑑定してあげよう」

風子は、祐子のスマホを引ったくって見た。

「えっ？　これって？」

「そう」

「竜也にどこか似てるね。でも、どこが、超面食いなのよ？」

風子は、目を丸くして驚いた。

「理想と現実は、違うのね」

祐子は、また腕組みをして、考え込むように言った。

「だから、さっきから、どういう意味だ」

怒鳴ろうとした竜也から、風子と祐子は、笑いながら逃げて行った。

四章　セッション

「竜也が、ライブに誘ってくれるなんて、意外だね」

喜びを隠せずに、風子が言った。

「ああ、同級生の園子がヴォーカルのバンドの出演が決まってな」

「知ってる。今や大人気よ、ボニーイエローは」

風子は、ご機嫌で、ホールまでの廊下の壁に目をやった。

「へえ、流石に壁のデザインも凝ってるね」

「ああ、ピアノの鍵盤みたいだな」

「うふふ、丁度、竜也の背なら届くわね」

風子は、竜也の顔で、ボニーイエローの楽屋に案内された。

「初めまして、あなたが園子さん。テレビよりも、実物の方がさらに素敵ね」

「フフ、ありがとう。こちらは、リーダーでドラムの輝よ」

「よろしく、僕ら二人は、先に来て、発声練習をしてるところです。ライブの構成で、
僕らボニーイエローが、初っ端に決まって、他のバンドに勢いをつける、大事な順番

なのです」

「これは、邪魔をして手を止めさせてしまったな。でも、さっき一通り曲を聴かせてもらったけど、ミディアムテンポのいい曲だね」

竜也は、園子に片目を瞑って言った。

「ありがとう。竜也」

園子は、頰を赤くした。

◆

「開演まであと一時間か、サンドイッチでも食べるか」

竜也は、食いしん坊の風子に言った。

「いいわね、むし押さえするには」

そこへ、園子と輝が、血相を変えて駆け込んできた。

「どうした？　園子」

「実は、メンバーの乗った車が事故に巻き込まれて」

「何だって」

「幸い、メンバーに怪我は無いんだが、警察の実況見分で、こちらに来れないらしい」

輝は、竜也と風子に説明した。

「せっかくの檜舞台なのに、ヴォーカルとドラムだけで、どうしろって言うの？　辞退するしかないわ」

園子は、悔しそうに歯を食いしばって言った。

「メンバーの楽器は、何だったんだ？」

竜也が尋ねた。

「エレキギターと、ベースと、シンセサイザーです」

輝が、竜也に言った。

「確か、ボニーイエローの曲の作曲は、ほとんど園子がしてるんだったよな？」

竜也は、園子の顔を見た。

「ええ、私はフォークギターで作曲するの」

「園子、ギターを弾きながら歌うことは、できるか？」

「エレキは、難しいわ。せいぜいベースなら」

「よし、ホールには、グランドピアノが配備されてるな」

「竜也さん、まさか？」

輝は、興奮して竜也の方を見た。

「トリオ（注4）だ。曲は、さっき聴いて、頭に叩き込んである。ぶっつけ本番になるが、一発で決めよう」

「面白くなってきたわ。竜也ありがとう、久々のセッション、楽しみにしてる」

園子は、ベースを弾くためのピックを、竜也から受け取りながら言った。

◆

「竜也、あなたは天才なの？」

風子は、ボニーイエローの曲が無事に終わったので、感動して涙を流した。

園子は、礼をした後、竜也に寄り添い、ピアノの鍵盤を見た。

「変ね、赤く見えたわ」

◆

実況見分を終えて、ボニーイエローのメンバーが揃った。

「竜也ありがとう」

「竜也さん、最高のセッションでした。このことを、俺たちは忘れません」

◆

「竜也、もう手は大丈夫？」風子が心配して言った。

「ああ、少し、ウォーミングアップに熱が入ったな」

ホールからの廊下の壁の鍵盤の模様に、竜也の沢山の指紋が描いた軌跡を、ボニーイエローは、いつまでも眺めていた。

注4　ピアノ、ベース、ドラムの三重奏

五章　ドライフラワー

「ズキューン」

バタッ。

「臨時ニュースをお伝えします。ブラック・マンデー社長の徳井政吉氏、オフィスで謎の自殺です。ピストルでコメカミを撃ったもようです」

◆

摩天楼を眺めながら、チャイニーズ風の男と、サングラスを掛けた整った顔だちの男が、ワインを酌み交わした。

「流石ですね。見事としか言いようがない。あなたと言う人は。世間は、経営に行き詰まった徳井社長が、自ら命を落としたと疑わないでしょうよ。殺し屋『ドライフラワー』さん」

「ふふ」

「まったく大したものだ」

ドライフラワーは、世辞はいいから、早く貰うものを貰いたいと思った。

「ところで報酬の一億円ですが」

依頼者は、ジュラルミンケースを開けようとして、中から何かを摑んだ。

「やっぱり、支払うのをやめることにしますよ」

依頼者は、銃を取り出し、空のジュラルミンケースを投げ捨て、銃口をドライフラワーに向けた。

「ふう、やれやれ、お前の娘の名は、『えなこ』と言ったな」

ドライフラワーは、サングラスの顔を依頼者に向けて言った。

「なぜ、それを」

依頼者は、少し青ざめた。続けてドライフラワーは言う。

「高くつくことになるぜ。娘の携帯にかけてみな」

◆

「ドライフラワーさん、えなこは無事なんでしょうね」

依頼者は、泣きついてきた。

「お前が、言える立場か？　今回の報酬は、違反料を含んで三億円だ」

「もちろんです。いくらでもお支払いします。あなたのような方は初めてだ。恐ろしい人だ」

◆

人間、喉元過ぎれば、熱さを忘れる。頼むだけ頼んでおいて、いざ報酬を払う時になって、貧乏根性が出て払いたくなくなることは、よくあることだ。こっちも保険をかけないとやってられない。

三億円か、人間、麻痺してくるもんだな。俺がサラリーマンの頃は、百万円貯めたら、嬉しかったもんだ。また、あの頃に戻れないものかな。

「ねえ、お兄ちゃん？」

「んっ？　なんだ小学生のガキか？」

「ねえ、ドライフラワー？」

「えっ？　なぜそれを？」

「お兄ちゃんに依頼があるの？」

「何だと、お嬢ちゃんは一体？」

「報酬は、三百円」

「何？」

ドライフラワーは、インスタントコーヒーの空き瓶にいっぱいの一円玉を受け取った。

そして、女の子の両手を見た。

「この手は？　三百円とは、そういう意味か」

ドライフラワーは、ショートボブヘアーの女の子の、どこか見覚えのある吸い込まれそうな黒い瞳を見て言った。

「お嬢ちゃんの名は？　俺に何を依頼する？」

◆

「恩にきるわ。もし私に万が一のことがあった時は、ドライフラワーを訪ねなさいと、この子、栞（しおり）に言い聞かせてたの。でも問題は、ハシタ金で、あなたが依頼を受けてくれるかどうかだった」

「フフ、三百円でも、この子の場合は価値が違う。この可愛い手で、靴磨きを何百回引き受けたことか。俺の一千万よりも重みがある。俺の、弱い所を突いてくるあたり、間違いなくお前の子だ。しかし、なぜ俺がそうだと、この子に分かったんだ？」

　ドライフラワーは、マフィアから救出した栞の母に尋ねた。

「私を誰だと思っているの？　あなたのことは、知り尽くしてるわ。聞きたい？　あなたと別れてからの苦労話？」

　ドライフラワーは、手で遮りながら、笑って言った。

「フフ、もう一度やり直せないのかな？」

「答えはノーよ。あの時に言ったはずよ。あなたが、いくら優しい言葉を口にしても、あなたの体には血が通っていないみたい。そう、まるでドライフラワー」

　彼女と栞が去った後、ドライフラワーは一言、

「言いたい事は、それだけか」

と呟くと、再び、夜の街に紛れて、次の依頼者の待つ場所へと向かった。

◆

待ちわびた休日、竜也は風子に連れられて、大ヒット映画を鑑賞した。

「私、この映画観たかったんだ。シビレルね、『ドライフラワー』」

風子は、スッキリした気持ちで、竜也に寄り添ってソフトクリームを食べた。

竜也も頬張って食べながら「ああ」とだけ答えた。

「竜也、本当に今日は、私と付き合ってくれてありがとう」

「こんなんで良かったら、またいつでも言ってて？」

竜也の頬にクリームが付いていたのを、風子は、いじらしくずっと見ていた。

六章　キャロライナ・リーパー

竜也と風子の会社の上司、西上（にしがみ）課長は、この度、定年を迎える。

カレー好きの西上課長は、竜也と風子をランチに誘ってくれた。

「竜也と一緒に入社した時から、西上課長には、お世話になりました。グルメでいらっしゃって、よく食事にも連れていって頂いたのに、本当に寂しくなります」

風子は、目に涙を浮かべながら言った。

「ありがとう。私もこれでやっと肩の荷が下りて、好きな料理を、全国津々浦々と食べに回ろうかと思っているところだよ」

「まあ、ところで、こんなに温厚な西上課長に、妙なあだ名をつけたのは、一体、誰なのでしょうね」

「はは、『死神』か」

「ええ、アナグラム（注5）にしては、酷すぎるわ」

風子は、腹立たしげに言った。

注5　文字を並べ替える言葉あそび

「定年退職の場合は、セーフですよね」

西上課長と風子の会話に、竜也が口を挟んだ。

「えっ？　何のこと？」

「西上課長が、今まで転職して退職された十九社は、全て倒産してるんだ」

◆

「竜也は、カレーは、辛いのが好きなの？」

「俺は、こだわらない。よく、若い家族が、子供用と大人用を二種類作ると聞くけど、そんなのは、大人が甘口を食べればいい。そしたら妻の負担も半分で済むからな」

「竜也は、きっと、いい旦那になれるよ」

「んっ、西上課長、あの店はどうですか。完食したら十万円と書いてありますよ」

「一体、どんな大きな皿が出てくるんでしょうね」

風子も興味ありげに言った。

「店の名前は、『キャロライナ・リーパー』か」

西上課長は呟き、竜也と顔を見合わせた。

「早速、あの青年が挑戦するみたいよ。意外とスマートな体形ね」

風子は、出てくるカレーを楽しみに待った。

「お待たせしました」

「これは意外、普通のカレー皿よりもまだ小さいぐらいよ」

風子は、目を丸くして言った。それを見て、西上課長は顔色を変えて青年に言った。

「やはり、ちょっと君、挑戦するのは、ただちに辞めたまえ」

「うるせい、じじい。こんなの朝飯前だ。それに、この金で、たまったローンを返済するんだ」

青年は、スプーンにカレーを取って、食べようとした。

「おい、最後に忠告する。西上課長の言う通りだ。キャロライナ・リーパーの『リーパー』とは、死神という意味だ。君もバウスのペキンカレー辛口ぐらいは、食べたことがあるだろう。単純に、その辛さの百万倍と思ってくれればいい。絶対に後悔する」

「ほっときやがれ。俺の命だ、お前に関係ないだろ」

竜也の説得も虚しく、青年はカレーを口にしてしまった。

「ウォー」

青年は、床にのたうち回った。

「風子、救急車だ」

◆

「まったく、とんだランチになってしまったな」

西上課長は、苦笑いをした。

「ええ、でも、せっかくだからカレー食べていきますか。普通のカレーで」

「私、カツカレーがいいな」

「そうするか、マスター、普通のカツカレー三つお願いします」

「いいや、竜也、普通のカツカレー二つでいい」

「えっ、西上課長は、食べないんですか？」

「いや、私は食べさしのキャロライナ・リーパーを頂こう」

「えっ？」

竜也と風子は声を揃えて言った。

◆

店を出た後、風子は竜也に小声で言った。

「西上課長は、どうして平気なの？」

「まさか、西上課長の正体って、本当に？」

竜也と風子は、身震いをした。

「あの、風子？」

西上課長は、風子だけを呼んだ。風子は、緊張して西上課長のそばに行った。

「私が、風子の未来を占おうか」

「是非」

「将来、風子は苦労するぞ」

「えっ？」

「風子の亭主になる男は、とてもモテるので苦労すると言ったのだ」

風子は、少し考えて答えた。

「望むところですわ。キャロライナ・リーパーのお言葉、ありがたく頂戴します」

風子は、チラッと竜也の方を見た。

THE GRASSHOPPER 四

THE GRASSHOPPER　これまでのあらすじ

天正十年（一五八二年）。毛利勢の奇襲により、秋庭能登守綱典（あきばのとのかみつなすけ）の居城、落城。機転を利かし、綱典の正室、市（いち）と、嫡子の歌右衛門（うたえもん）を、側近の竜（りゅう）と虎助（とらすけ）の護衛で京まで逃がした綱典は、小姓の蘭丸（らんまる）と二人だけで、三万の兵に立ち向かった。

京へ逃れた市は、幼かった弟、昴（すばる）の仇討ちに、真田幸村（さなだゆきむら）の屋敷に忍び込むが、危機一髪の所を、盲目の武将、大谷吉継（よしつぐ）に救われる。

関ヶ原の戦いで、窮地に陥った、石田三成（みつなり）の西軍に属する吉継であったが、太閤秀吉が崩御する前、虚無僧に託した書状によって、戦況は好転する。

西軍の窮地を救った、書状に書き加えられた筆跡。虚無僧と、側に仕える端正な顔立ちの女性に、どこか懐かしい面影が。虚無僧と美女の正体とは……

一の章　案山子

「ねえ、お母さん。あの田んぼに立てられた人形さんは、何をしてるんだろうね」

「ふふ、あれはね、睦子。私達が近くにいない間もずっと、鳥が来ないように見張ってくれてるんだよ」

睦子の母は、優しく言った。

◆

それから十年が過ぎたある晩、睦子の家に役人が荒々しく現れた。

「おい親父、お前の所の田んぼで収穫した分の年貢は、これっぽちか？」

「はい。申し訳ありませんが、それが精一杯です」

「話にならんな。これだけでは、我々は打ち首だ」

「そこを何とか。大変申し訳ありません」

「ふー、ところで、お前のところの娘は、今年でいくつになった？」

役人は、嫌な笑いをして言った。

「このような時に、なぜそんなことを？　十四ですが」

睦子の父は、地面に頭をこすりつけて答えた。

「ふふ、娘の返事次第では、年貢をなかったことにしてやってもよいぞ」

「ちょっと待って下さい。一体、睦子にどうしろと」

「知れたこと。お前の娘は、お前ら夫婦に似ず器量だけは良い。わしが知ってる遊郭で、今、見習いかむろを探していてな」

「何をおっしゃる。絶対に睦子をそんな所にやるものか」

「貴様、誰に向かって口をきいている」

役人は、睦子の父を蹴り倒した。

「やめてください。私、行きます」

「ほう、いい覚悟だ」

「睦子、遊郭がどんな所か知っているのか？　単に御客様に酌をするだけじゃ、済まないんだぞ」

「貴様、往生際が悪いぞ。娘もこう言ってるじゃないか」

役人は、睦子を引っ張って行こうとした。

「お役人様、四半刻だけ時間を下さい」

睦子の父は、必死で懇願した。

◆

睦子の両親は、役人に聞こえないように襖を閉めた。

「睦子、これは、お前が嫁ぐ時に、亭主に渡そうとしていた走り書きだ。どれだけ、父ちゃんと母ちゃんがお前を大事に育てたか。もし亭主が、お前を粗末に扱った時には、父ちゃんも母ちゃんも黙っていないことを亭主の心に刻んでおくために書き続けたんだ。睦子が生まれた時に、水月（注６）に黒子があった。これは、全ての男性に愛される幸せな黒子だ。それから睦子が、ハイハイを覚えて、少し目を離した時、湯飲みに左手を入れてしまった。幸い火傷はしなかったようだけど、今も真冬には、左手がよく荒れる。四歳の時、初めて案山子に気がついた時のことだが、その夜、風邪をこじらせて、今も鼻声なのは、そのせいだ……」

役人はシビレをきらして言った。

「おい、まだか」

◆

但馬の師走は、大晦が近づくにつれて底冷えがきつい。

「あら嫌だ。バタバタしてて、今年は案山子を田んぼに出したままだったわ」

睦子の母は、旦那に苦笑いで言った。

「ほんに、田んぼで一人、ぽつんと雪をかぶっているな。そう言えば、睦子が出て行

注６　胸の中央の、強打すると呼吸できない急所。みぞおち

って、もう一年が経つな。もしや睦子も、あの案山子のように……」

◆

「こら、睦。早く檜風呂を焚く薪を取ってこないか」

遊郭の新造の一人が言った。

「はい、ただいま。あれ？　私の草履が無いわ」

睦子は、必死で草履を捜した。

「何してるんだ。裸足で行きなよ。ワハハハ」

「ぐずぐずするんじゃないよ。次は風呂を沸かすんだ」

「はい」

睦子は、風呂の焚き口に薪を組んで、火をおこそうとした。

「睦、おっかさんから文が届いたよ」

楼主は、睦子に手紙を手渡した。

◆

「こら、睦。涙ぐんでる暇はないよ。燗を三つだ」

「はい、ただいま」

「馬鹿者。こんな熱い燗が、お客さんに出せるか」

新造は、睦子に、徳利を投げつけた。沸騰した酒が、睦子の顔にかかる瞬間、誰かが着物の袖で、それを防いだ。

「えっ、花魁（おいらん）の暖暖（だんだん）様。せっかくの着物が台無しに、申し訳ありません」

新造は、頭を床にこすりつけた。

「いいのですよ。着物は一瞬。しかし、この娘が火傷をすれば、一生残るでしょう。睦と言ったわね。今日まで、よく耐えました。明日、私の座敷に付き添いなさい」

「えっ、暖暖様。次は私のお約束では？」

新造は、不満そうに暖暖に言った。

「お黙りなさい。そなたは、夜鷹にでもなって、ゆきずりの男に抱かれるといい」

暖暖は、新造が後ずさりするような見得をきった。

◆

座敷で、どっしり座っている鳳竜（ほうりゅう）に対して、赤竜団（せきりゅうだん）に入って間もない二人は、そわそわして落ち着かない様子だった。

「鳳竜師匠、今日は有り難うございます。おいら、一度でいいからこんな遊郭で、花魁に、お酌をしてもらうのが夢で」

夕凪（ゆうなぎ）は、照れながら言った。

鳳竜の息子の遠雷も赤い顔をしてハニカンでいる様子だった。

「うむ。しかし夕凪、初会から言い寄るのは野暮だぞ。馴染みになるには、少なくとも三度は通わないと」

　鳳竜は、静かに笑って言った。

「げえ、そんなに通ったら、おいら破産してしまいますよ」

　夕凪は、お手上げといった表情をした。

「ところで、竜兄貴は、来ないんですか?」

「はは、やめとけ、やめとけ。あいつは、根が真面目だから、一晩にして全財産つぎ込むぞ」

　鳳竜は、苦虫を噛み潰したような顔をして、手を横に振った。

「ハハハ、違いないですね」

　三人は、大笑いした。

◆

「鳳竜様、この度も、わたくしをご指名頂き、恐縮至極でございます」

　暖暖は、頭を下げながら、上目遣いで鳳竜達を見て笑顔を見せた。

「これは、これは暖暖。以前に増して美しいな。ところで、隣の娘は、新しい座敷持ちか?　年頃は、夕凪と遠雷ぐらいと、お見受けするが?」

「はい、睦と申します。今後とも、ご贔屓に」

　睦子は、緊張しながらも、立派に言った。

「睦、これからは、お前が私に代わってこの店の看板を背負ってくれないか？　名は、私の一文字を受け継いで暖睦と名乗るがよい」

「暖睦（だんむつ）」

睦子は、その名前を繰り返して言った。

◆

◆

時は、桜の季節。

「おや、この季節に雪？」

一人の花魁が、座敷から庭に目を移した。

「暖睦、孫六という田舎者が、初会を申し込んできました。断りますか？」

「孫六（まごろく）？」

暖睦は、何気なく、一呼吸おいて答えた。

「いいえ、会いましょう」

暖睦は、孫六という名を耳にした時、初めてのような気がしなかった。


〜モノローグ〜

日本が誇る、三大スーパーグラビアアイドル、【優子】、【かとうれいな】、【篠原愛】。もちろんこの女神達の水月の上にも、睦子と同じホクロがある。

二の章　妖艶の師匠

慶長十九年（一六一四年）。

「お市様、大谷吉継殿のご息女、竹姫（たけひめ）様より、書状を預かって参りました」

竜は、いつになく真剣な面持ちで、書状を手渡した。

「ありがとう、竜」

お市は、待ちわびたように、笑顔で受け取った。

「いえ」

その笑顔を見て、竜にしては珍しく、はにかんで答えた。

お市が去った後、その様子を隣で見ていた虎助が、不思議に思って竜に言った。

「竜、まさか市様のことを？」

図星だった竜は、虎助がそれ以上を尋ねないように手で制しながら言った。

「虎助の話も、聞かせてくれよ」

虎助は、少し目を閉じてから、優しい顔で答えた。

「いいですとも」

◆

「虎兄、やっと見つけて参りました。隣村の巫女、お静です。見て下さい、噂以上の上玉ですぜ」

「ほう、気に入った」

虎助は、ニヤリと笑い、続けて言った。

「今夜、俺の寝床へ連れて来い」

「はい。虎兄」

◆

その夜、小平太は、無理やりにお静を引っ張って行こうとした。

「寄るな。けだもの」

お静は、抵抗しようとした。

「大人しくするんだ。お静、んっ？」

「その娘を、離しなさい」

何者かが、小平太からお静を引き離した。

「貴様、俺らが白虎と知ってのことか。うっ、お前は、妖虎」

小平太は、妖虎という名の、その美しい女性を見るなり怯んで後ろへ下がった。

妖虎という女性は、お静を連れて、風のように消えた。

「虎兄、申し訳ありません」

「いや、誰だ、あれは？」

「はい。妖虎というのは、ご覧の通り、三十路（みそじ）前の美しいオナゴに見えますが、優に百五十歳は超えていると噂される化け物です。それに加えて、剣を握らせては、その一振りで、荒波も真っ二つに断ち切ると恐れられています」

それを聞いて虎助の瞳は、キラリと光った。

「おもしろい」

◆

ならず者の集団『白虎』の頭、虎助は、謎の妖艶、妖虎と、剣の修行で切磋琢磨し、生まれて初めて生きがいを感じた。

「驚いた。私と互角に剣を交えるのは、虎助が初めてだわ」

妖虎は、刀を鞘に収めて、川岸の岩に腰を下ろした。虎助も、妖虎の隣の岩に座った。

「妖虎様、台所の米が、底をつきました。あと三日分しか有りませんが」

妖虎に助けられた静は、住み込みで、妖虎の身の回りの世話を引き受けていた。

「困ったわね。田吾作の新米が収穫できるのは、まだ七日はかかりそうだわ。もう少し残っていると思ってたのだけど」

妖虎は、考え込んだ。それを見て、虎助が言った。

「俺が、今から隣町へ取りに行ってやるよ」

妖虎は、虎助の方を見て微笑んで言った。

「頼みましたよ」

◆

妖虎と静は、妖虎の屋敷に戻った。

「きゃあ」

お静の悲鳴が聞こえたので、妖虎は駆け寄った。

「妖虎様」

数人の忍者が、お静を連れ去ろうとしていた。

「離すのだ」

忍者の一人を、妖虎が切り倒して、お静を奪い返した。

「貴様が、妖虎か」

妖虎は、忍者に囲まれた。

「グサッ」

「えっ、お静」

お静は、妖虎の胸を、懐刀（ふところがたな）で突き刺した。

「お静、お前は、忍びの回し者だったのですね」

妖虎は、崩れ落ちる時に、お静の方に手を伸ばし、さりげなく何かを摘んだ。

◆

「うまく、米一俵も分けて貰うことができた。これで、新米が収穫できるまで食いつなぐことができる。妖虎の喜ぶ顔が早く見たい」

虎助は、誇らしげに、妖虎の屋敷に戻った。

「妖虎、今、帰ったぞ。喜べ、一俵も……んっ？」

虎助は、倒れている妖虎から、流れている大量の血を見た。

「妖虎、どうした？」

虎助は、妖虎に駆け寄った。

「妖虎」

「虎助様」

座敷から、お静が、涙を浮かべて現れた。

「お静、一体これは？」

「虎助様、大勢の忍びが、妖虎様を……私は、あまりの怖さに、音も立てずに座敷に隠れておりました」

「忍びがか」

虎助は、妖虎の指先を見た。

「妖虎を殺ったのは」

「はい」

お静は、したり顔で頷いた。それを見て虎助は、繰り返して言った。

「妖虎を殺ったのは……お前だ、お静」

虎助は、お静を睨みつけて言った。

「えっ、どうして私が」

お静は、白を切った。

「妖虎は、犬死にするような女ではない。よく、妖虎の指先を見てみるんだな」

虎助は、顎を刳(しゃく)って言った。

「これが、何か？」

お静の目には、何も見当たらなかった。

「ふふっ、妖虎は、死ぬ間際に、下手人の髪の毛をさりげなく、自分の指先に巻きつけていたのさ」

虎助は、得意げに言った。

「はっ」

お静は、後ずさりした。

「迂闊(うかつ)だった。お静が、くのいちだったとは」

虎助は、刀を振り下ろしたが、お静は素早く身をかわして言った。

「正体がバレた以上、ここに留まる理由はない。さらばだ」

煙幕を張り、お静は、どこかへ姿を消してしまった。

「くそう、妖虎」

虎助は、妖虎を抱え上げたが、すでに息をしていなかった。

「何とか言えよ。せっかく妖虎の喜ぶ顔が見れると思っていたのによ」

虎助は、生まれて初めて涙を流した。

「虎助、らしくないよ」

「えっ？」

妖虎は、倒れたままだった。

「虎助、しくじったわ」

確かに、虎助の心に妖虎の声が響いてくる。

「驚いた？　私は黄泉の入り口に居る。私が、百五十年で編み出した奥義、【伝心】で心に呼びかけている。私が生涯、眺めてきた風景【千里眼】を、虎助にあげる。あまり時間がないので、一言だけいうわ。ありがとう……そうそう、虎助には、その横柄な言葉遣いは似合わない……」

抱きかかえた妖虎から、スーッと黄金の光が飛んで行った。

「最後の一言だというのに、そんなことかよ」

虎助は、涙をふいて微笑んだ。

◆

「それ以来、私は、妖虎以外愛さないと誓ったんです」

虎助の目から、涙が流れ落ちた。

「まったく、虎助らしくもない話だ。しかし、今の俺には、よくわかる」

竜の目にも。光るものがあった。

三の章　綱典の寵愛

子の刻、古い御堂の前に、二人の美しい忍びが声をひそめる。

「市様、私の父、吉継から申し付けられました。手筈通り、夫、幸村は、丸腰でございます」

竹姫は、御堂の方に視線を向けた。

「うむ、かたじけない」

市は、静かに頷き、音も立てずに素早く御堂に入っていった。

「……」

幸村は、不動明王の前で瞑想をしている様子だった。市は、またもや魔方陣が張られていないか確かめた後、幸村の背後を取り、刀を喉元に当てた。

「市か」

幸村は、瞑想したまま尋ねた。

「……」

市は、何も答えず、腕に力を入れかけた。

「市、俺が憎いか」

市は、力を込めようとしたが、思い直して、幸村の首元から刀を戻して言った。

「もうよい。今さら、お前を斬ったところで、弟の昴は帰ってこぬ」

幸村は、瞑想をやめ、市の方を見て言った。

「ふふ、綱典と出会って、そなたも変わったな。しかし、お主は、歳をとらぬな。まだ三十路にも満たぬように見える」

「このような時に、つまらぬ世辞を」

「三種の神器、花嫁の手鏡は、お主が綱典の寵愛(ちょうあい)を受けた証し。綱典の父、秋庭能登守綱宣(あきばのとのかみつなのぶ)の妾の妖虎は、花嫁の手鏡を綱宣から授かり、百五十年の生涯を、乙女の姿のまま過ごしたという……さらばだ、市。俺はまだ、豊臣秀頼様のために、成すべきことがあるのでな」

半夏生(はんげしょう)のまだ薄明るい夜空に輝く六つ星。幸村は家紋の六連銭を、市は弟の昴をそれぞれ思い、背を向けた二人は、もう二度と会うことはなかった。

四の章　証し札

「綱典様が、毛利の奇襲で倒れるとは、信じられないわ」

桃香は、涙ぐんで斗士輝に言った。

「もし、綱典様にお会いしてなかったら、俺らは、ただの流れ者だったからな」

「ええ」

桃香と斗士輝は、目を瞑って、あの頃のことを思い出してみた。

◆

「もう止めちまえ。こんな、しみったれた歌」

安酒場の客達は、徳利を投げた。

和太鼓の斗士輝が叫んだが、間に合わなかった。

「危ない、桃香」

「ガチャーン」

徳利は、桃香の額に当たって割れた。

「大丈夫か？　桃香。もう止めようぜ」

慌てて斗士輝が、桃香に駆け寄った。

「いいえ、最後まで歌うわ」

　桃香は、笑顔で歌い続けた。

◆

「桃香、悪いけど、今日で横笛を辞めさしてもらう」

「私も、今日の分の、お足は貰って行くわ」

　三味線と横笛の奏者は、桃香の元から去って行った。

「どうする、桃香？　俺達、旅芸人を始めて三年になるが、誰も全く認めてくれない。これ以上、続けていても、意味あるのかな」

　斗士輝が呟いて、桃香の方を見た。

「斗士輝、私には、世界を股にかけて、この歌声を響かせ、人々を幸せにするという夢がある。きっと、あの方なら、分かって下さるに違いない」

　桃香は、視線を夜空の方に向けて言った。

「あの方？　ああ、俺も知っている。秋庭（あきば）能登守（のとのかみ）綱典（つなすけ）様。あらゆる武芸に精通されているだけでなく、芸術、文学、全てを見極める眼力を具えておられるらしいな。しかし、もう他のメンバーは辞めてしまったんだぜ。どうするんだ？」

　斗士輝は、吐き捨てるように桃香に言った。

「斗士輝、唄は、『音を楽しむ』と書くのよ。『音が苦』と書いては、いけない……。もう一度、一から始めるわ。メンバー集めから」

桃香は、溢れそうな涙をこらえて言った。

「ふふ。少なくとも、和太鼓は探す必要ないんじゃないの？」

斗士輝は、少しだけキザに言った。

五の章　じゃじゃ馬の踵

「十兵衛、次は雑巾がけを頼みます」

春名は、弟子入りした十兵衛に厳しく言った。

十兵衛は、雑巾を投げ捨てた。

「もう沢山です。僕が、玉聖の門を叩いて半年が経つというのに、掃除や飯炊きばかりです。一体、いつになれば、剣術を教えて下さるのですか？」

玉聖の春名の弟子になれたと喜んでいた十兵衛は、怒りを春名にぶつけ、竹刀を持って、床に叩きつけようとした。

「キエー」

それを見て、春名が、自分の竹刀を、十兵衛に振り下ろした。

「バシッ」

「えっ？」

「キエー」

「バシッ、バシッ、バシッ」

「これは、一体？　なぜ僕は、玉聖の鋭い竹刀が、受け止められるのです？」

十兵衛は、自然に体が動くのを、不思議に思って言った。

「十兵衛、今日までよく家事をこなしてくれましたね」

春名が優しく十兵衛に言った。

「はあ、玉聖、これは一体？」

「フフフ、日常の他愛のない動作にも、得られるものは溢れているということです。これからの、あなたは、自然に囲まれた野原で、健気に生きる飛蝗（ばった）にさえ感動を覚えることができるでしょう」

「玉聖」

「私が教えられることは以上です」

「ありがとうございます」

十兵衛は、深々と頭を下げた。

「十兵衛？」

春名は、ふいに十兵衛を呼び止めた。

「はい」

「あなたは、右目に頼る癖があります。くれぐれも、左目を大事にして下さい」

春名は、自分の刀の鍔（つば）を、そっと十兵衛に手渡した。

「肝に銘じておきます」

◆

「春名様、大事に扱って下さってますので、まだまだ疾風（はやて）は、長旅にも耐えられることと存じます」

「かたじけない。ご苦労でありました。鵬傑（ほうけつ）」

成熟して、女盛りの玉聖に、三人衆の筆頭格のシャイな鵬傑は、少し照れた。

「父上、一生に一度のわがまま、お許し下さい。灯（あかり）、私が留守の間、父を頼みましたよ」

「承知しました、玉聖様。大太刀銘永則（めいながのり）は、私が守ってみせます」

「春名さん、こいつには、荷が重いんじゃないの？」

歌右衛門が、灯の頭を、小突いて言った。

「だまらっしゃい」

灯が大声をあげたので、皆が大笑いした。

「ところで鵬傑」

「はい、春名様」

「私が旅立つ前に、一度、そなたと剣を交えたいのですが」

「ハハ、何を仰いますやら。私など、春名様のお相手をするには程遠いです」

「またまたご謙遜を。あなたの前では、閻魔（えんま）様の門番羅刹（らせつ）（注7）ですら命乞いをすることでしょう」

春名は、鵬傑をその気にさせた。

◆

「鵬傑、そなたの太刀筋、しかと心に刻みつけました。旅先での、あらゆる戦（いくさ）で役立てることと致します」

「くれぐれも、お気をつけ下さい。そして、一日も早く綱典様にお会いできますように祈っております。お達者で」

鵬傑に似合わず、男泣きで言った。

「ありがとう、鵬傑」

春名は、疾風に乗って、振り向かずに駆け出して行った。

注7　人間を喰らう鬼

六の章　懐刀

日も暮れかかった頃、大山の峠に、虚無僧と旅娘が通りがかった。

「やはり、こちらに足が向きますか。歌右衛門様がまだ気になるんですね。綱典様」

蘭丸（お蘭）が、穏やかに言った。

「ふふ、せっかくだから、桜の茶店に寄って行くか」

「はい」

◆

「お坊さん、いつ見てもいい男ね。やっと、私を嫁に貰ってくれる気になりました？」

清楚な桜は、珍しく積極的に綱典に言って、茶菓子を出した。

「フフフッ」

綱典は、何も言わずに笑っただけだった。

蘭丸は、茶店を出た後、真面目な顔で一言だけ綱典に言った。

「またも、女難の相ですな」

二人の珍道中では、行く先々で綱典が言い寄られるのは、もう慣れっこだった。

「いっそのこと、頭を丸めた方が良いかな？」

「丸めたところで、状況は変わらないと思いますが」

そこを、馬に乗った三人の柄の悪そうな男がすれ違った。

「親分、この先の茶店に、器量の整った娘が居ります」

「そうか、頂くとするか」

「ハハハ」

綱典と蘭丸は、立ち止まって、元きた道を振り返った。

「マズイですね、ここからだと一里（約4キロ）は有ります。走って間に合いますでしょうか」

蘭丸が言い終わる前に、綱典は走り出した。

◆

「あれは、桜さんを無理やりに馬に乗せるところです。馬で逃げられると、ここからでは、どうすることも」

蘭丸は、悔しそうに言った。

「んっ、茶店から眼帯をした男が？　あやつが頭か。んっ？」

綱典が言った瞬間、眼帯の男が一瞬で三人の男を斬り倒した。

「綱典様、見ましたか、今の居合抜き」

「ああ、あの男、ただ者ではない」

眼帯をした男は、綱典を一瞥した後、馬で駆け抜けて行った。

「桜、無事か。あの眼帯をした男は一体？」

「ああ、お坊様。あの方は、桔梗塚を尋ねておられました」

「何、桔梗塚だと」

「ご存じなのですか」

「うむ、あの居合抜き、もしや」

「あの男に心当たりでも？」

「うむ。お蘭、今度は、長旅になるぞ」

「えっ」

「美濃だ」

綱典は、桜に優しく手を差しのべたので、桜は至福の笑顔を見せた。

終章　信長と光秀

綱典と蘭丸（お蘭）は、旅の途中で馬を借りたので、思ったよりも早く美濃へ辿り着くことができた。

「蘭丸よ、あそこに流れる武儀川の行徳岩が見えるな」

「はい。聞く所によりますと、明智光秀の母君が懐妊された時、この岩に立って行水し、もしも男子を授かったならば、その子が天下をとるようにと祈ったと」

「うむ」

二人は、白山神社を越えた後、少し山を登った。

「これは？」

蘭丸は、綱典に尋ねた。

「うむ、明智光秀の桔梗塚だ。んっ？」

綱典と蘭丸は、思わず声を出した。

「あなたは、あの時、茶店で桜を助けて下さった？」

墓標の前で、手を合わせている男が振り向いた。

「ふふ、秋庭能登守綱典と、懐刀の蘭丸だな」

「どうして、それを？」

綱典は、不思議に思って、男の顔を見た。男は、覆っていた眼帯を外した。

「やはり、あなただったのですね。生きておられたのですか。信長様」

「ふふ、不思議な男よ。秋庭能登守綱典。おぬしの前では、全てありのまま話したくなってしまうわ」

信長は、苦笑いをした。

「聞かせて下さるんですね、信長様。あの日、光秀の謀反により自害されたのではなかったのですか」

「ふふ、そのようなこと、ワシが気付かぬと思うか」

「いえ」

「ワシが討たれたとなれば、もうワシを狙う武将も居なくなるだろう。わざと本能寺を手薄にしたのだ。光秀は快く悪名を引き受けてくれた。最後に光秀と碁を打った時に、光秀はワシにこう言った『残念ながら私（光秀）は、天下をとれる器ではありません。しかし、たとえ謀（はかりごと）であったとしても、一日天下がとれたならば、あちらで母に顔向けができます』と」

信長は、すうっと涙を流した。その時、綱典は、ふと信長の髪に簪（かんざし）が挿されているのを見て、「これは、市の簪に似ている」と思った。

その視線に、信長も気付いた。

「ふふ、酔狂だと思うか？」

「いえ」

「これは、ワシが妻の帰蝶（きちょう）に贈った簪と揃いだ」

「何ですって」

綱典と蘭丸は、顔を見合わせた。

◆

信長と別れた後、綱典は蘭丸に言った。

「市は、簪は、母の形見だと言っていた」

お市に気づかって、蘭丸は綱典に言った。

「まだ、旅を続けるおつもりで？」

それには、綱典は答えなかった。

「ふふ、ところで信長様は、お蘭のことを、大層気に入っておられたな」

「おたわむれを。だから私は男だと、何度も申しましたのに。わからない方だった」

蘭丸は苦笑した。

綱典と蘭丸の旅は、まだ始まったばかりだった。

～エピローグ～

蘭丸は、そこで筆を擱(お)くことにした。どこからともなく、涼風が吹いてきて、吊るされたままの風鈴を微かに鳴らした。

その涼風と一緒に、書き写した書物が、最初のページに戻された。

それを見た蘭丸は微笑み、虎助に習った覚えたての英国文字を並べてみた。

『THE　GRASSHOPPER』

完

明暗

あとがき

私が、最初に、この本を刊行し始めた頃は、コロナが、中国の武漢から広がり始めた時でした。日本では、ライブハウスにクラスターが発生し始めました。それで、あるライブハウスの経営者が、コロナのために、ライブでの売り上げが減った分を補うため、従業員に布製のマスクを作ってもらい、その売り上げで給料を補うことができたとニュースで知りました。このことを聞いた時、これでこそ経営者だと思い、ふと、私の好きな、古代エジプト文明の王が、ピラミッドの建造を、無理やりさせていたのではなく、市民に仕事を与えていたのだというスケールの大きさに思いを馳せました。なぜ、率先して仕事をさせていたと言えるのかといいますと、市民の出勤簿が残っていて、仕事を休む理由に、二日酔いという刻印がされていたからなのです。

それらのことに感銘を受けて、私も、仕事が終わり次第、家に直行して、ひたすら書き上げたのが、この『THE GRASSHOPPER』です。

もっとも、仮に、コロナ禍でなかったとしましても、元来、仕事を終えたら、まっすぐ家に帰る習慣ではありましたが（笑）。

さて、今回製作したTHE GRASSHOPPERの世界を表現するのには、な

ん と言いましても、シカタシヨミさんのイラストが欠かせなかったと思っています。おそらく、私よりも、この本を読んで下さったのだと想像ができます。私が書いた、文字だけの文章の世界に、初めて、キャラクターのイラストを描いて頂いた時の感動は、例えるなら、文通のやり取りしかしていない彼女に、やっと出会えて、それが、藤澤五月さんだったような気分に近いでしょうか（笑）。シカタさんは、こちらの依頼に対して、120％以上のイラストで返して下さる方です。例えば、この絵巻のヒロインの市（いち）の簪（かんざし）を、ヘアースタイルのデザインに取り入れて下さったのもシカタさんのイマジネーションからでした。そのことによって、最初の構想よりも、エピソードに厚みがでたと感じています。

文章を校正している最中も、キャラクターラフスケッチや、場面ラフスケッチが届くのを、とても楽しみにしていました。本当に、素晴らしいイラストを有り難うございました。

まだまだ感謝の言葉は尽きませんが、いつもの著者エピソードを書かせて頂きます。

私が高校生の時のことですが、成績で、欠点をとったことがあります。私は、その日、家に帰るのをためらって、遅い時間まで川原で時間を潰していました。その当時の親友も、一緒に付き合ってくれたのを今も覚えています。

しかし、夕暮れ時になってきて、家に帰らなければ、かえって両親が心配しますので、結局は家に帰りました。両親は、私が家に帰っても、通知表を見せてとも言わず、欠点の話題には触れませんでした。母親が、姉と、小声で何か話しているのが聞こえた程度でした。

月日は流れて、私が社会人になって、親父を車の助手席に乗せて運転している時、

「僕が高校生の時、欠点をとってしまって、その日、家に帰るのが嫌だった」

と私が話したら、親父はこう言いました。

「喜作も、親になったら分かると思うけど、親って、子供の通知表が【1】であろうが、【5】であろうが、そんなものは、どちらでもいい。確かに勉強は、できるに越したことはない。しかし、そのことが元で、もし本人が悩まないといけないのなら、そんなものできなくてもいい。将来、食べていく道は、他に幾らでもある」

私は、落語家の、桂三若さんの話が好きで、お袋によく、実演を観に連れて行ってもらいました。その日の噺(はなし)の締めくくりに、三若さんは仰いました。

「両親から受けた恩は、山よりも高く、海よりも深い」

私が、心に刻んでおきたい言葉です。

偶然、一枚のパンフレットで目に留まった、『秋庭能登守綱典(あきばのとのかみ)』。目一杯に広げきった大風呂敷は、ここで折り畳むことと致しました。いかがだったでしょうか。

また近いうちに、新しい作品をお届けできるように精進して参ります。

本当に、『THE GRASSHOPPER』を手に取って頂いて、心より感謝いたします。

THE GRASSHOPPER　壱～四

キャラクタースケッチ

シカタシヨミ

綱典

THE GRASSHOPPER

虎助と竜の中間の印象（いいとこ取り？）を意識しています。

虎助＝下がり眉（優しさ）
竜＝釣り眉（気の強さ）
綱典＝並行眉（冷静・平等）

片目を隠しているのは著者様のイメージと、吽助時代のエピソードから
「片側・有能・隠す」
の意味を込めてみました。

育ちの良さを表すため着丈は長めにしています。
虎助・竜がわりと派手な着物なので、洗練をイメージし、あえて日の丸のシンプルで落ち着いた柄にしてみました。

虎助

THE GRASSHOPPER

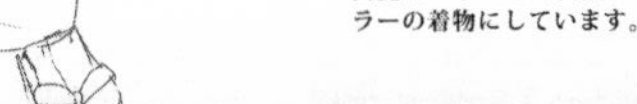

おでこを露出する髪型で
「脳を出す＝頭脳キャラ」という
印象づけを試みています。
アーチをえがく鍵眉と丸顔と童顔で優しそうな雰囲気を意識しました。

丸っこい瞳と瞳孔を他のキャラよりやや強調して描くことで「千里眼」の演出をこころみました。

他主人公格２名よりも体格はおとなしめ。着丈は綱典より若干短め。

白虎ということで白黒ツートンカラーの着物にしています。

竜

THE GRASSHOPPER

虎助とは対照的にワイルドなイケメンを意識しました。
目と眉毛の距離を近くすることで武人らしい眼力のつよさをイメージしています。

綱典の身代わりをして三枚目扱いのシーンもあったりと洒落た扱いが多いので他のメインキャラよりくだけた服装で、竜を連想しそうなやや派手な柄にしてみました。

またウルフヘアーで外交的な雰囲気を意識してみました。

お巾

THE GRASSHOPPER

春名姫との差別化として学徒ふうの女袴を着せてみました。
学徒風の女袴は、時代を問わず、非常に剣道キャラの相性がいい点も考慮しています。

お市

THE GRASSHOPPER

忍び装束版。
少しでもキャラクターに変化をつけるためにポニーテールの位置は袴衣装よりも高めにしています。

玄武団ということで衣装に玄武をあしらってみました。
蛇の柄は色気をあげる効果が期待できますし、玄武の蛇に絡みつかれて逃げられないというイメージです。

お市

THE GRASSHOPPER

着物版。
こちらが登場するのは、時系列的に、事件解決後なので弟の形見のかんざし（蝶）をさしており自分らしさを偽らなくてもいいので袴版と、忍び版の印象をミックスさせてみました。

衣装によって足元を変えているのですがはだしと下駄という最も動きにくいはきものを履かせることで
「足かせがなくなった」
「もう戦わなくてもいい」
というイメージを込めてみました。

着物は、蛇から逃れた鳥をイメージした柄にしています。

牛若丸

THE GRASSHOPPER

牛若丸・弁慶ともに、定番のイメージがあると思います。
そのイメージに、なるべく素直にデザインしてみようと思いました。

弁慶

THE GRASSHOPPER

牛若丸・弁慶ともに、定番のイメージがあると思います。
そのイメージに、なるべく素直にデザインしてみようと思いました。

灯

THE GRASSHOPPER

三歳児で一人で旅に出ようとするくらいなので、すこしやんちゃそうな太眉。しかしやさしい子なので、眉はアーチを描かせました。

首筋のあざが着物を着ているのもあってすこし見えにくくなりそうなので、
「灯＝火」らしさを強化するため、片一方の髪を小さな火をイメージした形にくくりあげてみました。

桃花

THE GRASSHOPPER

異国風の旅芸人という点と歌姫という点から、色々変わった感じを意識しました。

装飾を派手にする方向で目立たせると、直後に出る花魁の曖陸と印象が重なってしまいがちなので傾奇者の方向で派手にしました。

服の模様は桃の花の柄です。
桃の花は星のような形をしているのでスター（歌い手の星）の意味も込めて描いてみました

暖陸

THE GRASSHOPPER

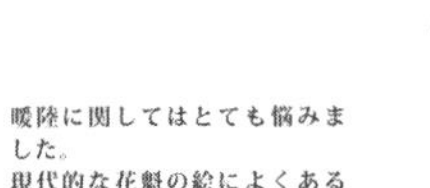

暖陸に関してはとても悩みました。
現代的な花魁の絵によくあるように、肩をはだけさせ胸をだせば、それらしい色気や魅力は出るのですが、孫六の一途さを決め手にし、また、なごり雪のアイデアを出す粋な暖陸が、はたしてそれを公の場でやるかな？と迷ってしまいまして。
最終的には、上品さのほうを優先しました。

衣装は、なごり雪をあしらいました。
この時点から孫六のことを第一に思っていた伏線を絵にも込めてみました。
手前の帯には、面白いビジュアルがほしかったので、鯉＝恋をイメージしてみました。

伊津奈

THE GRASSHOPPER

「イタコ・霊媒師」
というキャラクターから、清楚で神秘的なイメージを試みました。

顔のペイントと後ろ髪はいづなという名前から、キツネの印象を加えようとして加えてみました。

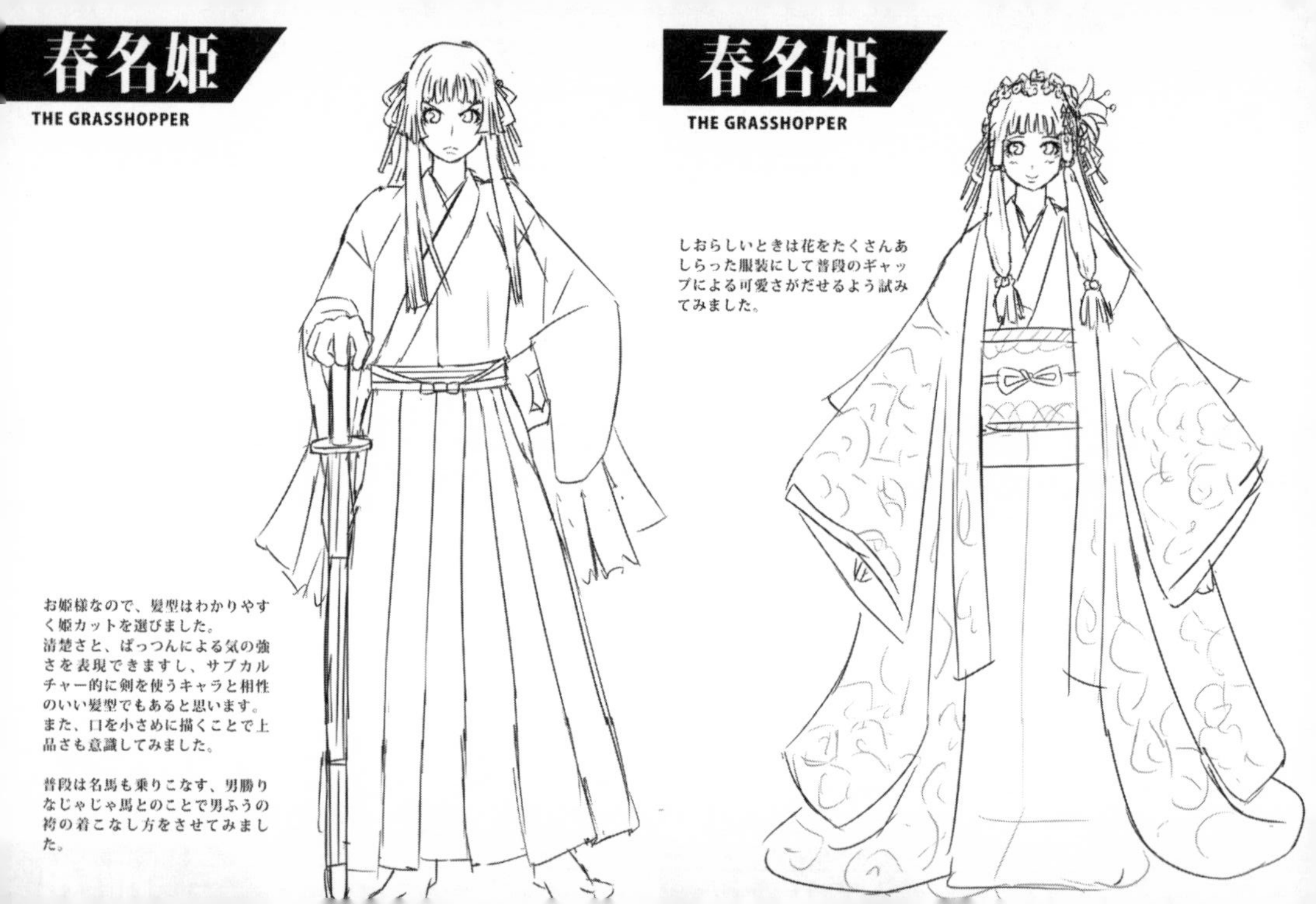

春名姫

THE GRASSHOPPER

お姫様なので、髪型はわかりやすく姫カットを選びました。

清楚さと、ぱっつんによる気の強さを表現できますし、サブカルチャー的に剣を使うキャラと相性のいい髪型でもあると思います。

また、口を小さめに描くことで上品さも意識してみました。


普段は名馬も乗りこなす、男勝りなじゃじゃ馬とのことで男ふうの袴の着こなし方をさせてみました。

春名姫

THE GRASSHOPPER

しおらしいときは花をたくさんあしらった服装にして普段のギャップによる可愛さがだせるよう試みてみました。

夕凪

THE GRASSHOPPER

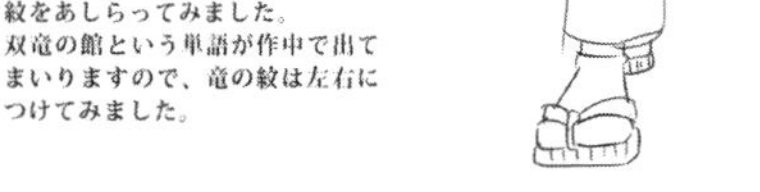

竜のことを身体が大きくなったという発言があったので、竜より細身にしてみました。
兄貴！兄貴！と可愛らしく慕ってきそうな雰囲気を大事にデザインしてみました。
ぼさついている髪の毛は竜に憧れて、真似ているイメージです。

着物キャラが多いので、見た目の差別化と、身軽に動きそう・格下という印象をつけようと、着物を尻端折りにしました。

所属の組織名から、着物には竜の紋をあしらってみました。
双竜の館という単語が作中で出てまいりますので、竜の紋は左右につけてみました。

お初

THE GRASSHOPPER

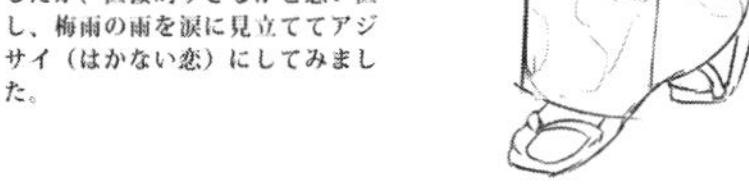

お初のストーリーは悲しい恋なので、下がり気味の眉と泣きぼくろで、どこか儚い顔立ちにしてみました。

また、お初という名前から、まだ誰にも染まっていない（髪を結っていない）という意味合いで、ストレートの長い髪にしてみました。
長いストレートの髪を利用すると後ろ髪引かれるという構図でも使えそうです。

振り袖のがらは、花言葉的に忘れな草（私を忘れないで）と迷いましたが、直接的すぎるかと思い直し、梅雨の雨を涙に見立ててアジサイ（はかない恋）にしてみました。

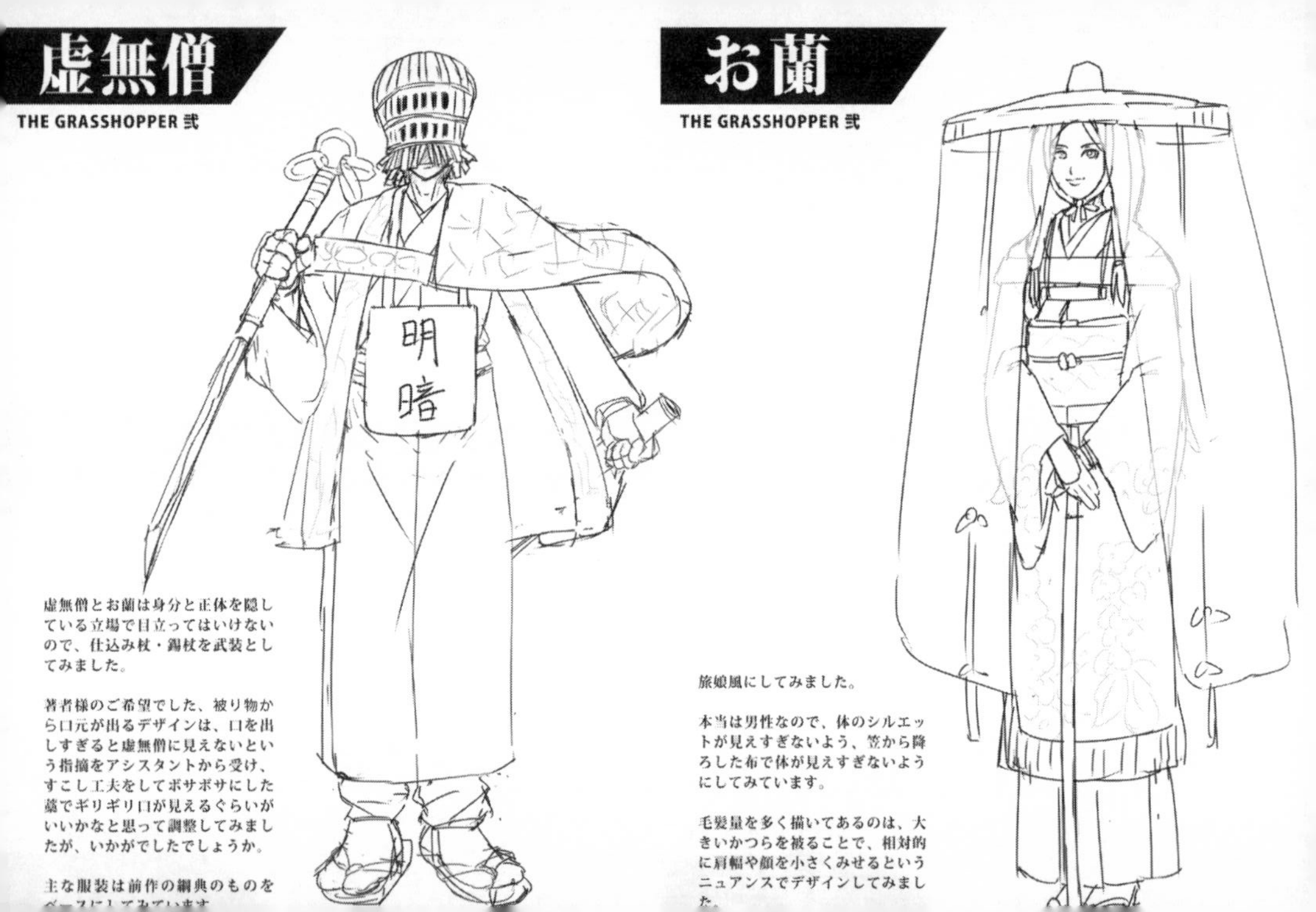

虚無僧

THE GRASSHOPPER 弐

虚無僧とお蘭は身分と正体を隠している立場で目立ってはいけないので、仕込み杖・錫杖を武装としてみました。

著者様のご希望でした、被り物から口元が出るデザインは、口を出しすぎると虚無僧に見えないという指摘をアシスタントから受け、すこし工夫をしてボサボサにした藁でギリギリ口が見えるぐらいがいいかなと思って調整してみましたが、いかがでしたでしょうか。

主な服装は前作の綱典のものをベースにしてみています。

お蘭

THE GRASSHOPPER 弐

旅娘風にしてみました。

本当は男性なので、体のシルエットが見えすぎないよう、笠から降ろした布で体が見えすぎないようにしてみています。

毛髪量を多く描いてあるのは、大きいかつらを被ることで、相対的に肩幅や顔を小さくみせるというニュアンスでデザインしてみました。

桃香

THE GRASSHOPPER 弐

桃香は前回は髪をサイドテール
にしていましたが、成長（完成）
したということでツインテールに
してみました。

お初

THE GRASSHOPPER 弐

今回はお初にはカキツバタをあし
らってみました。派手ではない控
えめな花はお初の性格によく似合
いますし、カキツバタの花言葉と
しては
「幸福が来る」
「幸せはあなたのもの」
「贈り物」
「高貴」
「思慕」
という、ストーリーにピッタリな
意味がありまして、チョイスして
みました。

髪の毛はもう後ろ髪ひかれないと
いうイメージで、挿絵のほうでは
前に出していきたいです

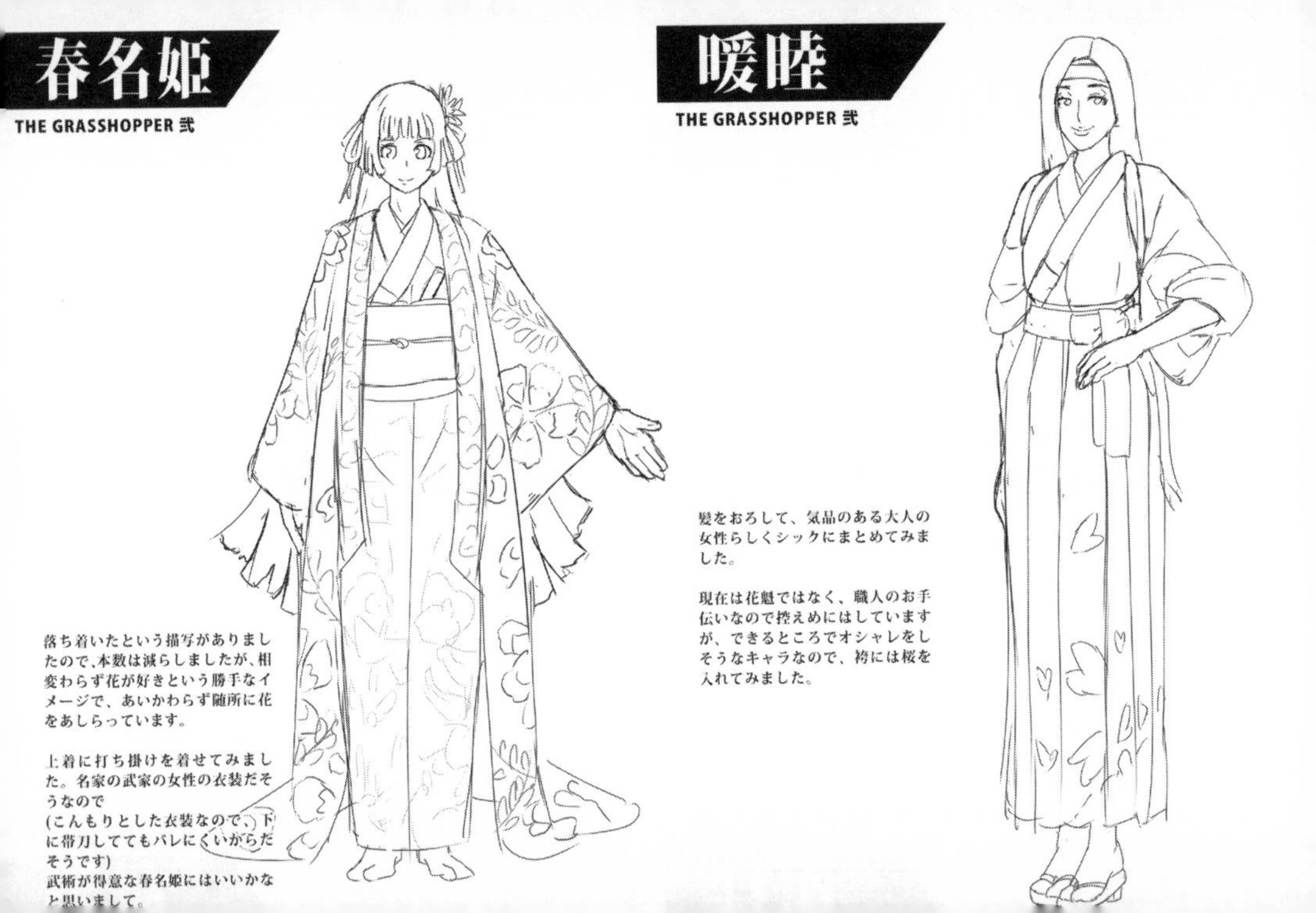

春名姫

THE GRASSHOPPER 弐

落ち着いたという描写がありましたので、本数は減らしましたが、相変わらず花が好きという勝手なイメージで、あいかわらず随所に花をあしらっています。

上着に打ち掛けを着せてみました。名家の武家の女性の衣装だそうなので
(こんもりとした衣装なので、下に帯刀しててもバレにくいからだそうです)
武術が得意な春名姫にはいいかなと思いまして。

暖睦

THE GRASSHOPPER 弐

髪をおろして、気品のある大人の女性らしくシックにまとめてみました。

現在は花魁ではなく、職人のお手伝いなので控えめにはしていますが、できるところでオシャレをしそうなキャラなので、袴には桜を入れてみました。

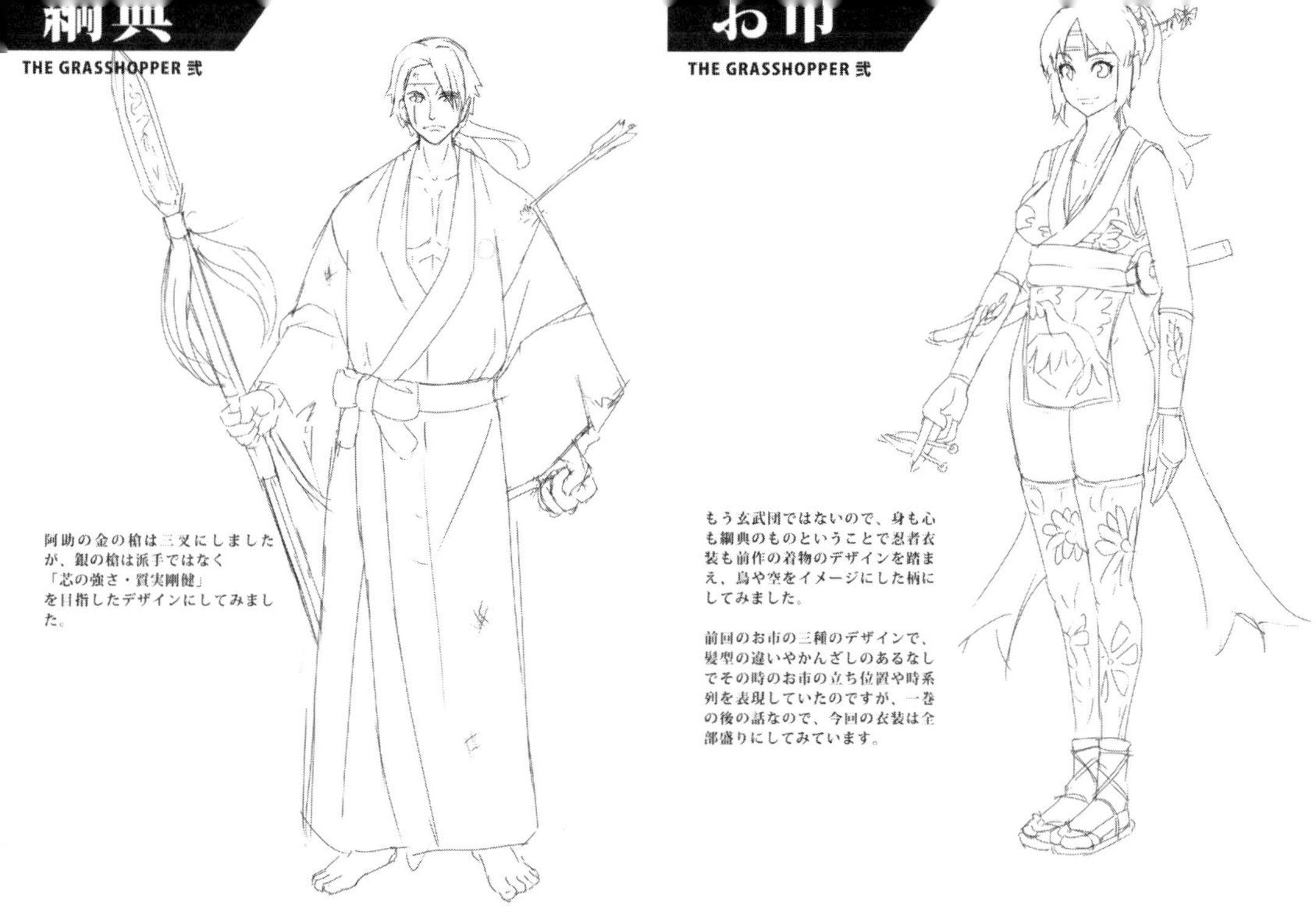

綱典

THE GRASSHOPPER 弐

阿助の金の槍は三叉にしましたが、銀の槍は派手ではなく
「芯の強さ・質実剛健」
を目指したデザインにしてみました。

お市

THE GRASSHOPPER 弐

もう玄武団ではないので、身も心も綱典のものということで忍者衣装も前作の着物のデザインを踏まえ、鳥や空をイメージにした柄にしてみました。

前回のお市の三種のデザインで、髪型の違いやかんざしのあるなしでその時のお市の立ち位置や時系列を表現していたのですが、一巻の後の話なので、今回の衣装は全部盛りにしてみています。

阿助
THE GRASSHOPPER 弐

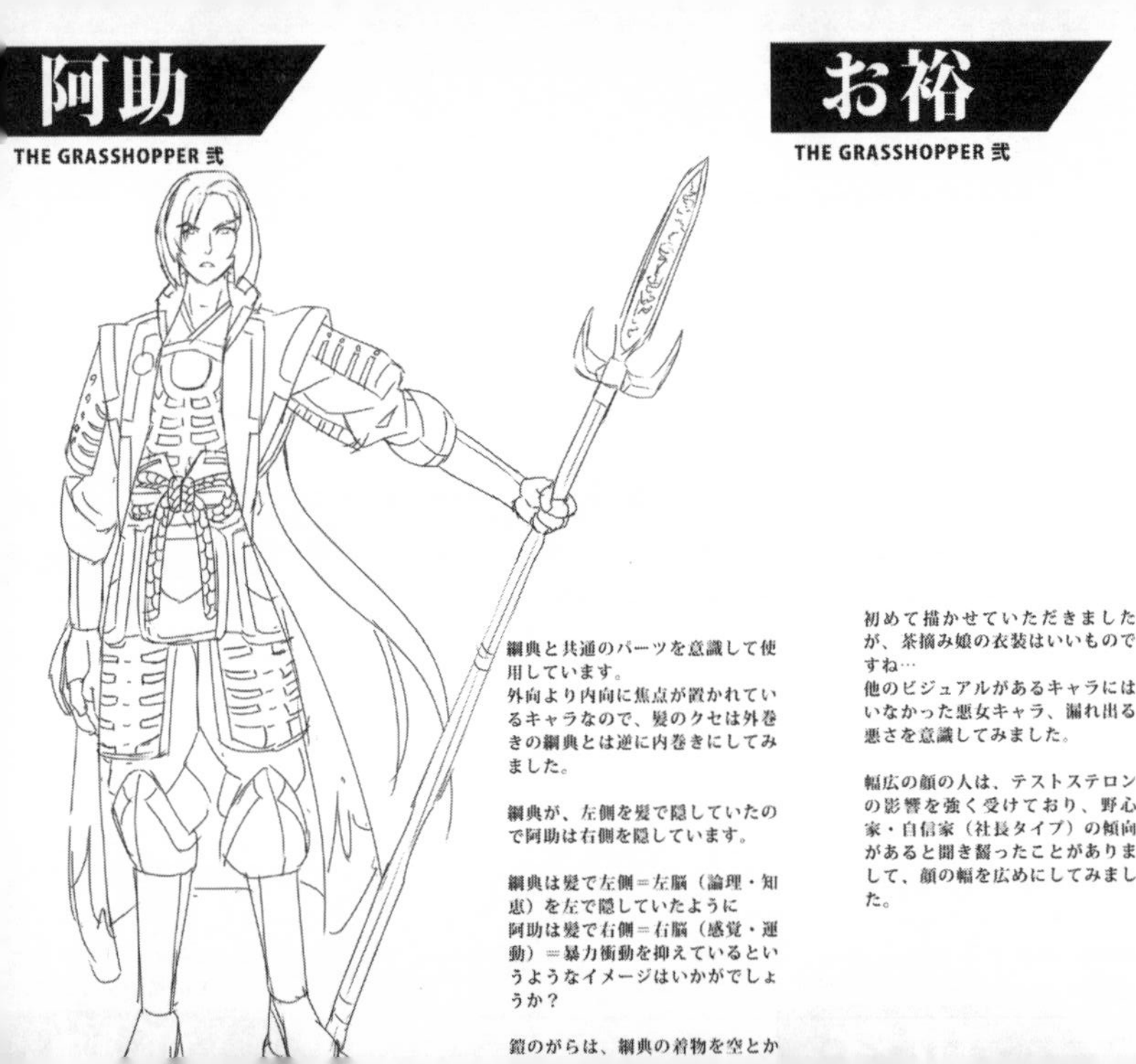

お裕
THE GRASSHOPPER 弐

鋼典と共通のパーツを意識して使用しています。
外向より内向に焦点が置かれているキャラなので、髪のクセは外巻きの鋼典とは逆に内巻きにしてみました。

鋼典が、左側を髪で隠していたので阿助は右側を隠しています。

鋼典は髪で左側＝左脳（論理・知恵）を左で隠していたように
阿助は髪で右側＝右脳（感覚・運動）＝暴力衝動を抑えているというようなイメージはいかがでしょうか？

鎧のがらは、鋼典の着物を空とか

初めて描かせていただきましたが、茶摘み娘の衣装はいいものですね…
他のビジュアルがあるキャラにはいなかった悪女キャラ、漏れ出る悪さを意識してみました。

幅広の顔の人は、テストステロンの影響を強く受けており、野心家・自信家（社長タイプ）の傾向があると聞き齧ったことがありまして、顔の幅を広めにしてみました。

灯

THE GRASSHOPPER 弐

子供時代の顔の雰囲気を残しながら、ご要望の画像を参照してみています。

子供の頃のデザインは、左上のくくった髪を、ぼっとした火をイメージしてデザインしていたのですが、子供時代の頃と比較して、その部分が小さく見えることで年齢を重ねたというイメージを強調してみました。

服装は、若い子なので、学徒袴と足元のブーツをあわせることで、若さと活発さの記号として使いました。着物の柄は花火です。

吉継

THE GRASSHOPPER 弐

「傷だらけだけど、この人、絶対いい人」
という印象を大事にしてデザインしてみました。

盲目で、風を感じられるというところから、音に敏感でいられるように、耳をはっきり出した髪型にしてみました。

鎧の同心円の模様は、目をイメージしています。

お里

THE GRASSHOPPER 弐

普通のビジュアルにしたキャラがいなかったので、逆にさっぱりと「普通なんだけど、なんかいい」という雰囲気を狙ってみました。さわやかな夕凪と合いそうな気がします。

竜也

短編集 THE GRASSHOPPER 参

なるべくキャラクターの元である綱典の要素を残したかったので、羽織の代わりにスーツとベストの二段構成にしてみました。

優秀なのを隠そうとしていても、優秀さがにじみ出てしまっているようなイメージでデザインを試みています

風子

短編集 THE GRASSHOPPER 参

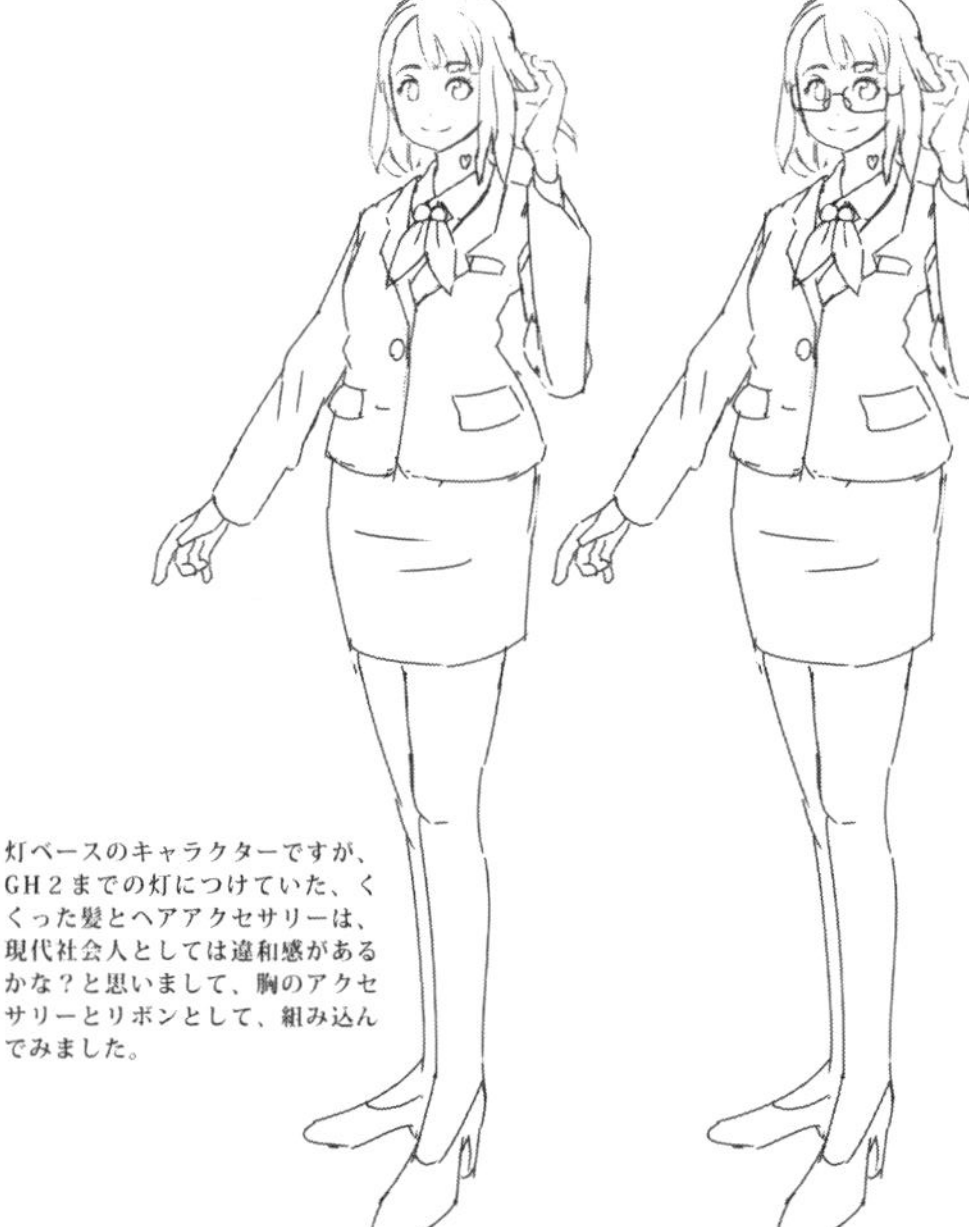

灯ベースのキャラクターですが、GH２までの灯につけていた、くくった髪とヘアアクセサリーは、現代社会人としては違和感があるかな？と思いまして、胸のアクセサリーとリボンとして、組み込んでみました。

竜也

短編集 THE GRASSHOPPER 参

つくところには筋肉がついているライダー体型の細マッチョというイメージです。
パンツには、時代劇の方の羽織の柄をあしらってみました。

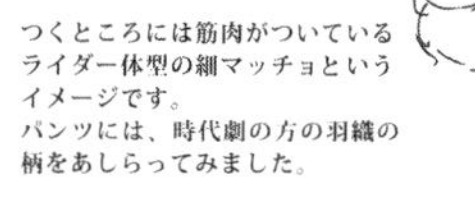

祐子

短編集 THE GRASSHOPPER 参

妹の雰囲気があるキャラクターを目指しました。

ベースキャラクターであるお初は、GH１では髪を後ろに、２では前に髪を流していたのですが、こちらでは前と後ろ両方に流してみています。

信長

短編集 THE GRASSHOPPER 参

ベースキャラクターである阿助をそのままでとのご要望でしたが、刀が登場しましたので、刀は金の槍ふうのデザインにしてみています。

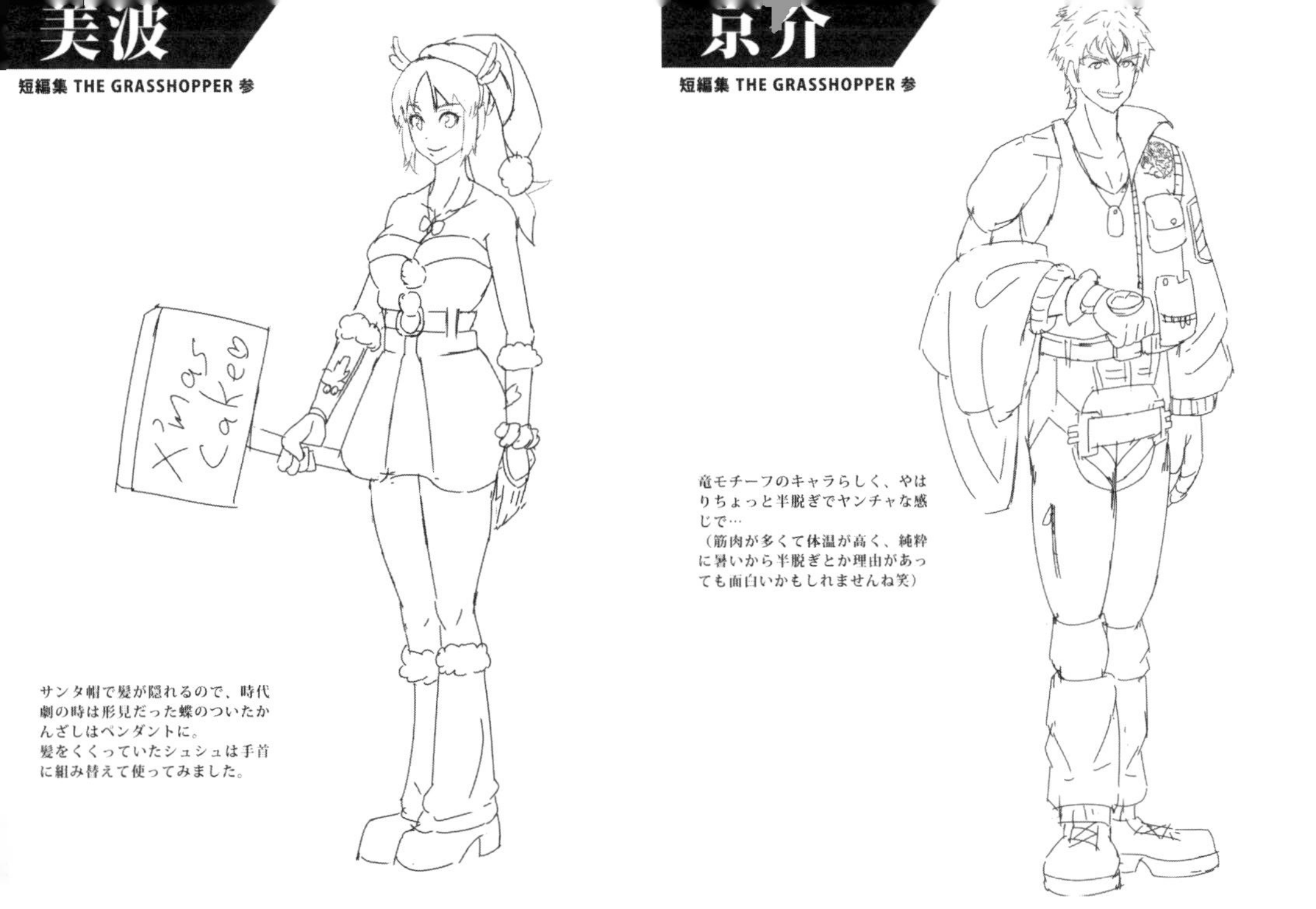

美波

短編集 THE GRASSHOPPER 参

サンタ帽で髪が隠れるので、時代劇の時は形見だった蝶のついたかんざしはペンダントに。

髪をくくっていたシュシュは手首に組み替えて使ってみました。

京介

短編集 THE GRASSHOPPER 参

竜モチーフのキャラらしく、やはりちょっと半脱ぎでヤンチャな感じで…
（筋肉が多くて体温が高く、純粋に暑いから半脱ぎとか理由があっても面白いかもしれませんね笑）

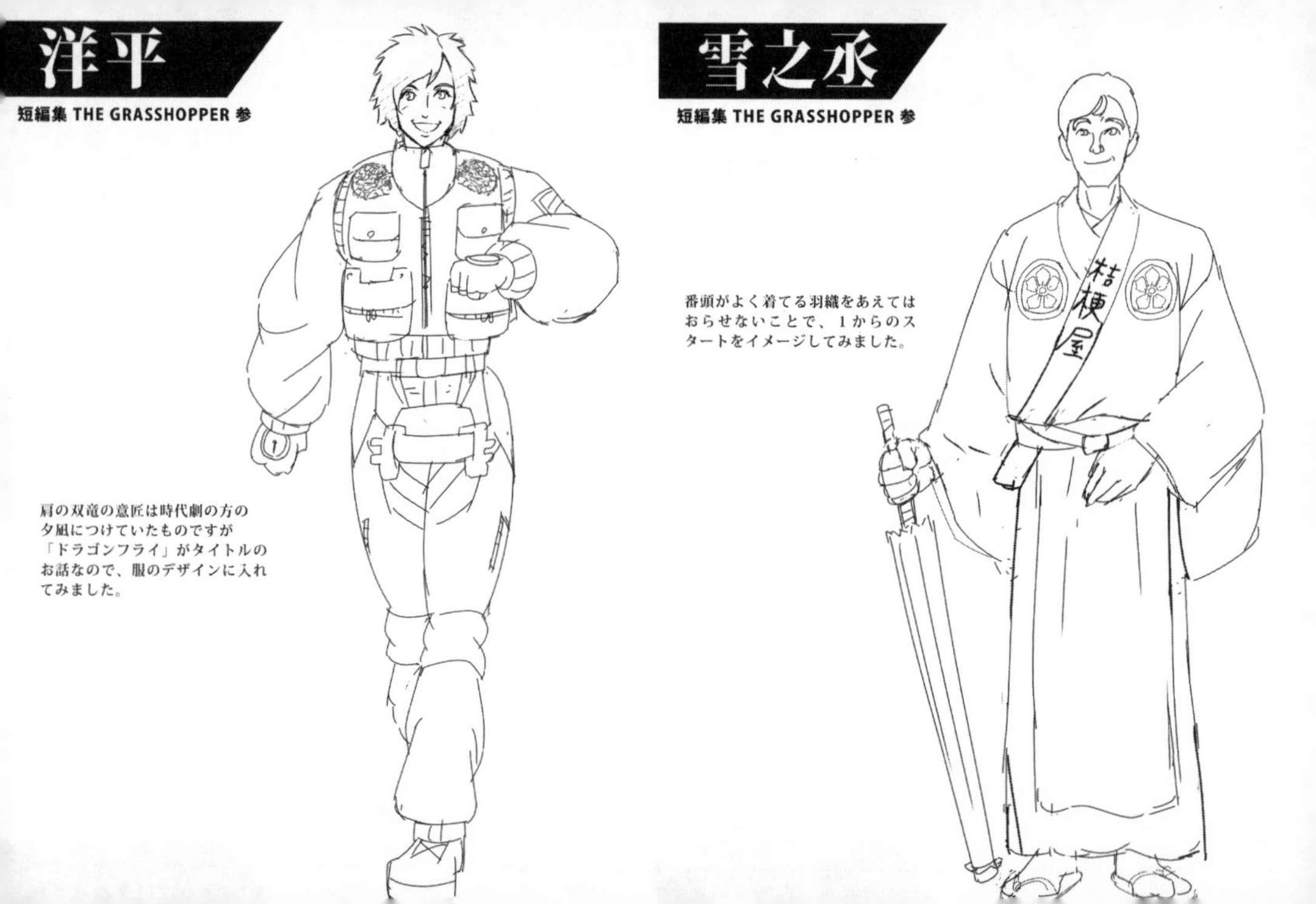

洋平

短編集 THE GRASSHOPPER 参

肩の双竜の意匠は時代劇の方の夕凪につけていたものですが「ドラゴンフライ」がタイトルのお話なので、服のデザインに入れてみました。

雪之丞

短編集 THE GRASSHOPPER 参

番頭がよく着てる羽織をあえてはおらせないことで、１からのスタートをイメージしてみました。

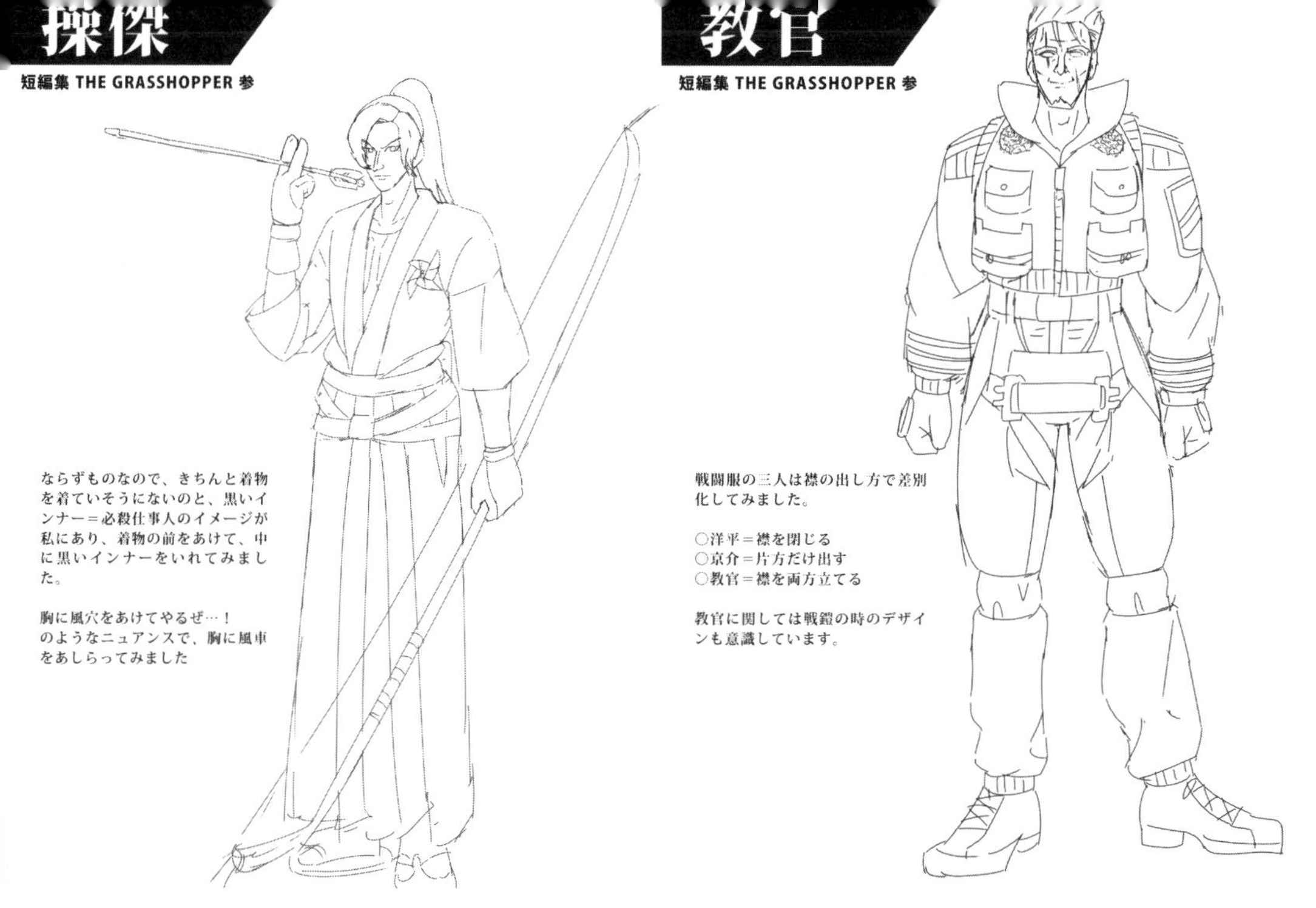

搩傑

短編集 THE GRASSHOPPER 参

ならずものなので、きちんと着物を着ていそうにないのと、黒いインナー＝必殺仕事人のイメージが私にあり、着物の前をあけて、中に黒いインナーをいれてみました。

胸に風穴をあけてやるぜ…！
のようなニュアンスで、胸に風車をあしらってみました

教官

短編集 THE GRASSHOPPER 参

戦闘服の三人は襟の出し方で差別化してみました。

○洋平＝襟を閉じる
○京介＝片方だけ出す
○教官＝襟を両方立てる

教官に関しては戦鎧の時のデザインも意識しています。

大石先生

短編集 THE GRASSHOPPER 参

隊の中で上位にいる二人には肩や袖口にラインを入れました。
服に線が多いほうが高階級というイメージをしてみました。

大石先生は上着の前を開けてみたり気の強さをイメージしてみました

しかし大石先生（曖昧モチーフ）スーツ似合いますね…

大介

短編集 THE GRASSHOPPER 参

名前に反して身長は低めにしています。
（謎の女の子より少しだけ小さい）

可愛らしい虎助がモチーフなので、
○虎柄マフラー
○フェミニンなノーカラージャケット（萌え袖）
○脚の細さが目立つスキニージーンズ
を着せてみました。

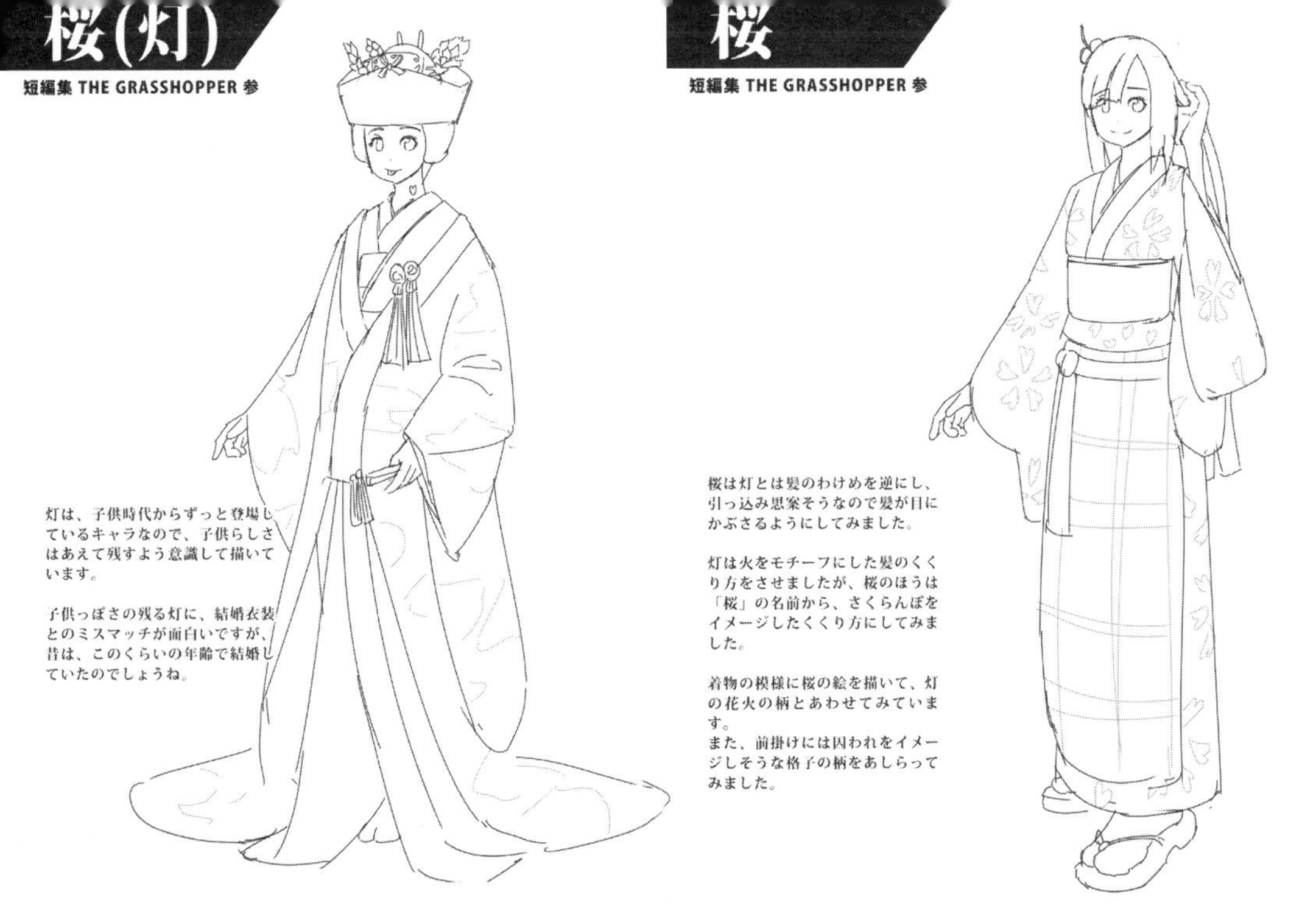

桜(灯)

短編集 THE GRASSHOPPER 参

灯は、子供時代からずっと登場しているキャラなので、子供らしさはあえて残すよう意識して描いています。

子供っぽさの残る灯に、結婚衣装とのミスマッチが面白いですが、昔は、このくらいの年齢で結婚していたのでしょうね。

桜

短編集 THE GRASSHOPPER 参

桜は灯とは髪のわけめを逆にし、引っ込み思案そうなので髪が目にかぶさるようにしてみました。

灯は火をモチーフにした髪のくくり方をさせましたが、桜のほうは「桜」の名前から、さくらんぼをイメージしたくくり方にしてみました。

着物の模様に桜の絵を描いて、灯の花火の柄とあわせてみています。
また、前掛けには囚われをイメージしそうな格子の柄をあしらってみました。

井ノ口亜紀

THE GRASSHOPPER 四

ロゴ「S」をコーヒーのゆげと見立てました

GHお裕をベースに、

「アルバイトとはいえプロ意識が高い」

という点から、髪は清潔感があるようにまとめ、腕は露出するファッションにしています。


また、突発的な犯行をとったわりに、お店に対する愛着があるという点から、

「論理」より「感覚・感情・直感」を優先しそうな、右脳を露出している右分けの髪型にしてみました

新畑正和

THE GRASSHOPPER 四

GH雪之丞をベースにデザインしました。
ご指定の探偵ファッション似合いますね！びっくりするくらいハマりました。
新シリーズの主人公とかでも十分行けそうな魅力が…

胸に虫眼鏡と、武器を仕込んでそうな万年筆ネクタイピンには桔梗屋のロゴをあしらっていますが、これは小型カメラを仕込んでいる…

など、妄想しながら七つ道具的なイメージで小物を描いてみました。

細かい部分ですが、先の尖った革

本波静香

THE GRASSHOPPER 四

春名モチーフのキャラなので、なるべく男勝りなキャリアウーマンをイメージしてみました。

風子がタイトスカートなので、こちらはパンツルック。
動きやすいようにパンツを8分丈にしたり、腕まくりをさせてみたりノーネクタイにさせることで世界的企業という印象や、首を縛られない身分の高さを意識してみました。

小栗岳人

THE GRASSHOPPER 四

先輩が、真夜中は別の顔というバーを経営しているので、その方の服装をイメージしながら描いてみました。

操傑モチーフなので、風車の代わりに胸にバラをさしてみました。

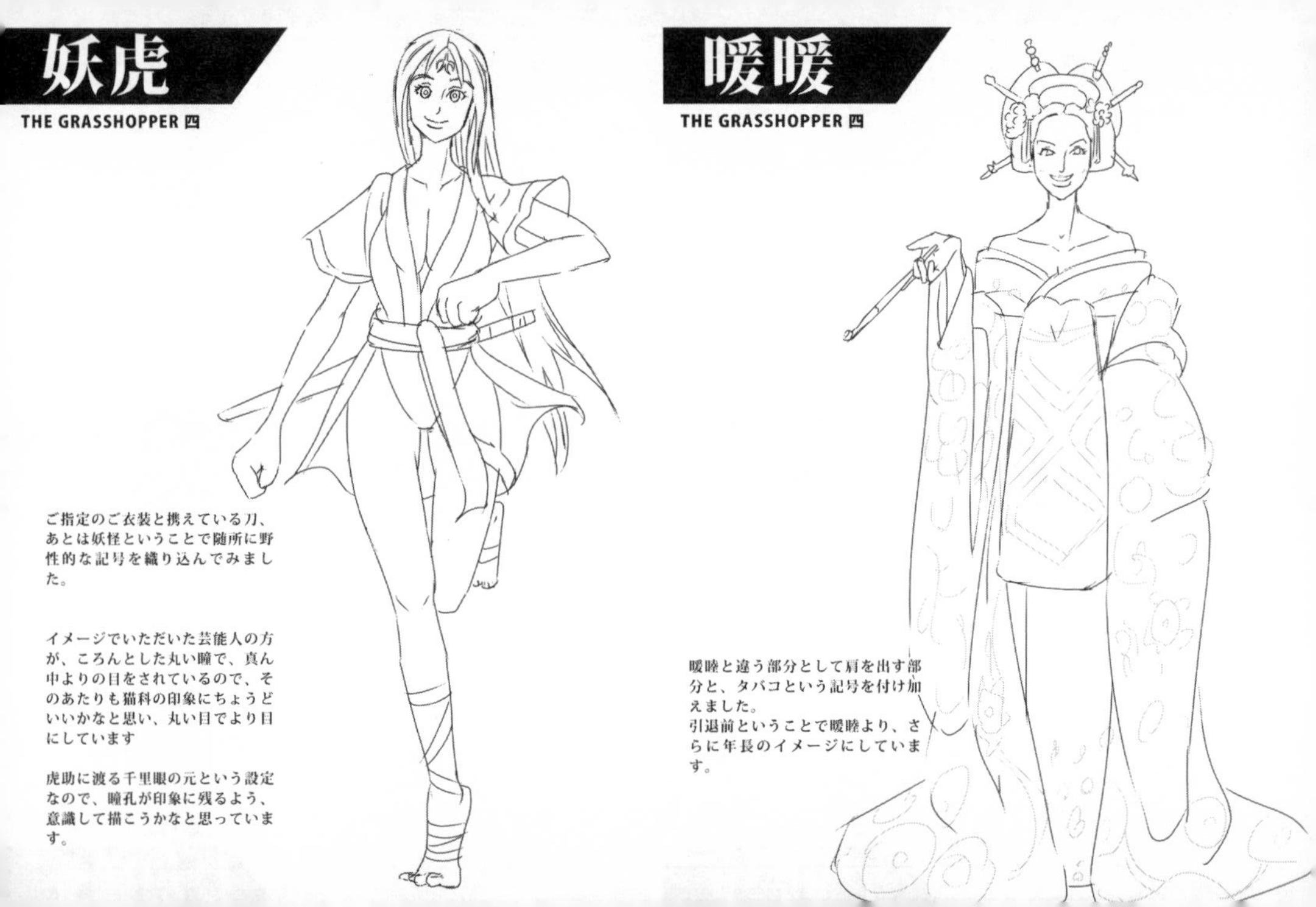

妖虎

THE GRASSHOPPER 四

ご指定のご衣装と携えている刀、あとは妖怪ということで随所に野性的な記号を織り込んでみました。

イメージでいただいた芸能人の方が、ころんとした丸い瞳で、真ん中よりの目をされているので、そのあたりも猫科の印象にちょうどいいかなと思い、丸い目でより目にしています

虎助に渡る千里眼の元という設定なので、瞳孔が印象に残るよう、意識して描こうかなと思っています。

暖暖

THE GRASSHOPPER 四

暖睦と違う部分として肩を出す部分と、タバコという記号を付け加えました。
引退前ということで暖睦より、さらに年長のイメージにしています。

歌右衛門

THE GRASSHOPPER 四

灯といいコンビなので、灯とあわせて袴を着せてみました。胸には父親ゆずりの日の丸の意匠を。

やんちゃな感じも出るような雰囲気を意識してみています。

育成者として側に虎助と竜がいるので男子同士としてどちらの影響も受けていそうな雰囲気を目指しています。

お静

THE GRASSHOPPER 四

イメージとしていただいた芸能人さんの髪型を参考といたしました。巻き毛のキャラクターが少なかったので、衣装を奇抜にしなくても、キャラクター栄えはしそうですね。

やさしそうなタレ目に見えて、平行眉で感情がいまいち掴みづらいような印象を狙ってみました。

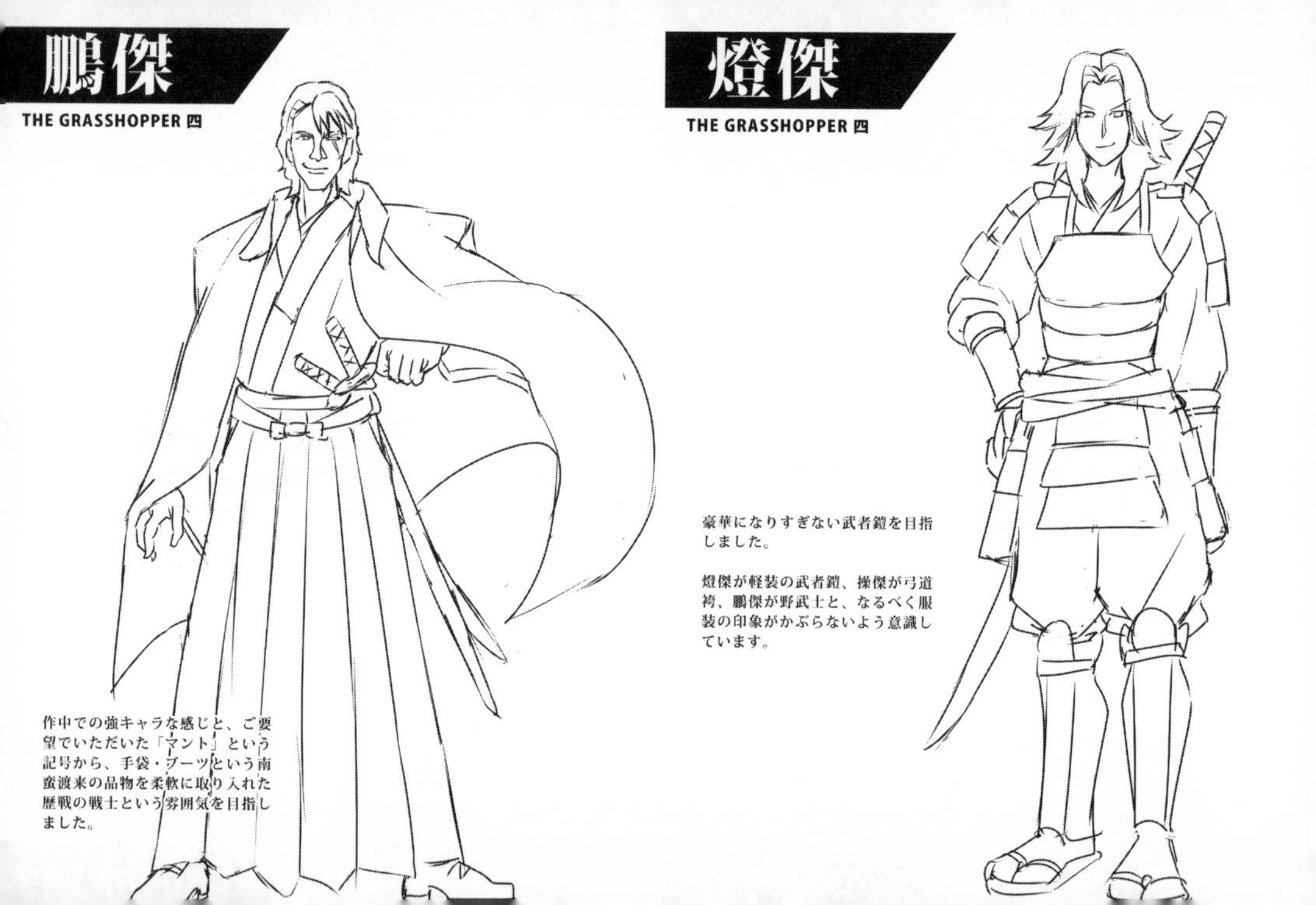

鵬傑

THE GRASSHOPPER 四

作中での強キャラな感じと、ご要望でいただいた「マント」という記号から、手袋・ブーツという南蛮渡来の品物を柔軟に取り入れた歴戦の戦士という雰囲気を目指しました。

燈傑

THE GRASSHOPPER 四

豪華になりすぎない武者鎧を目指しました。

燈傑が軽装の武者鎧、操傑が弓道袴、鵬傑が野武士と、なるべく服装の印象がかぶらないよう意識しています。

虎助(悪)

THE GRASSHOPPER 四

自分の周囲には虎助ファンという方がかなりいまして。
そういう人たちをびっくりさせてやろうと、善悪のコントラストをはっきりつけるべく、かなり思い切ってみました。

○罪人の証である入れ墨と、遠山の金さんばりの肩の入れ墨
○露出を増やす
○常に追われている緊張感をあらわす抜き身のままのやっとう
○山中でトリッキーな動きをするための一本下駄などなど…

かなり意欲的なデザインにしてみました。

著者プロフィール

喜佐久（きさく）

飲食店、ホテル、病院等、整備士、プログラマー、医療事務、バリスタ、駅員等様々な職を経験。
趣味は読書『グイン・サーガ』（栗本薫130巻読破）。SF漫画『コブラ』（寺沢武一）。
特技はゲーム（チャンピオンシップロードランナー　チャンピオンカードNo.28215、ゼビウス16エリア突破、ファミリーマージャンⅡ上海への道　麻雀老君撃破）。

著書『THE GRASSHOPPER』（2021年 文芸社）
『THE GRASSHOPPER 弐』（2021年 文芸社）
『短編集 THE GRASSHOPPER 参』（2022年 文芸社）

本文イラスト　シカタシヨミ
イラスト協力会社／株式会社ラポールイラスト事業部

THE GRASSHOPPER 四

2023年４月15日　初版第１刷発行

著　者　喜佐久
発行者　瓜谷 綱延
発行所　株式会社文芸社
〒160-0022 東京都新宿区新宿１－10－１
電話 03-5369-3060（代表）
03-5369-2299（販売）

印刷所　株式会社暁印刷

ISBN978-4-286-30067-2